FFFT
OVERLORD
Episode:31

OVERLORD
Original Story:
Kugane Maruyama
Art:
Hugin Miyama
Character Design:
so-bin
Szenario:
Satoshi Oshio
Episode:31

OVERLORD

9

Original Story:
Kugane Maruyama

Art:
Hugin Miyama

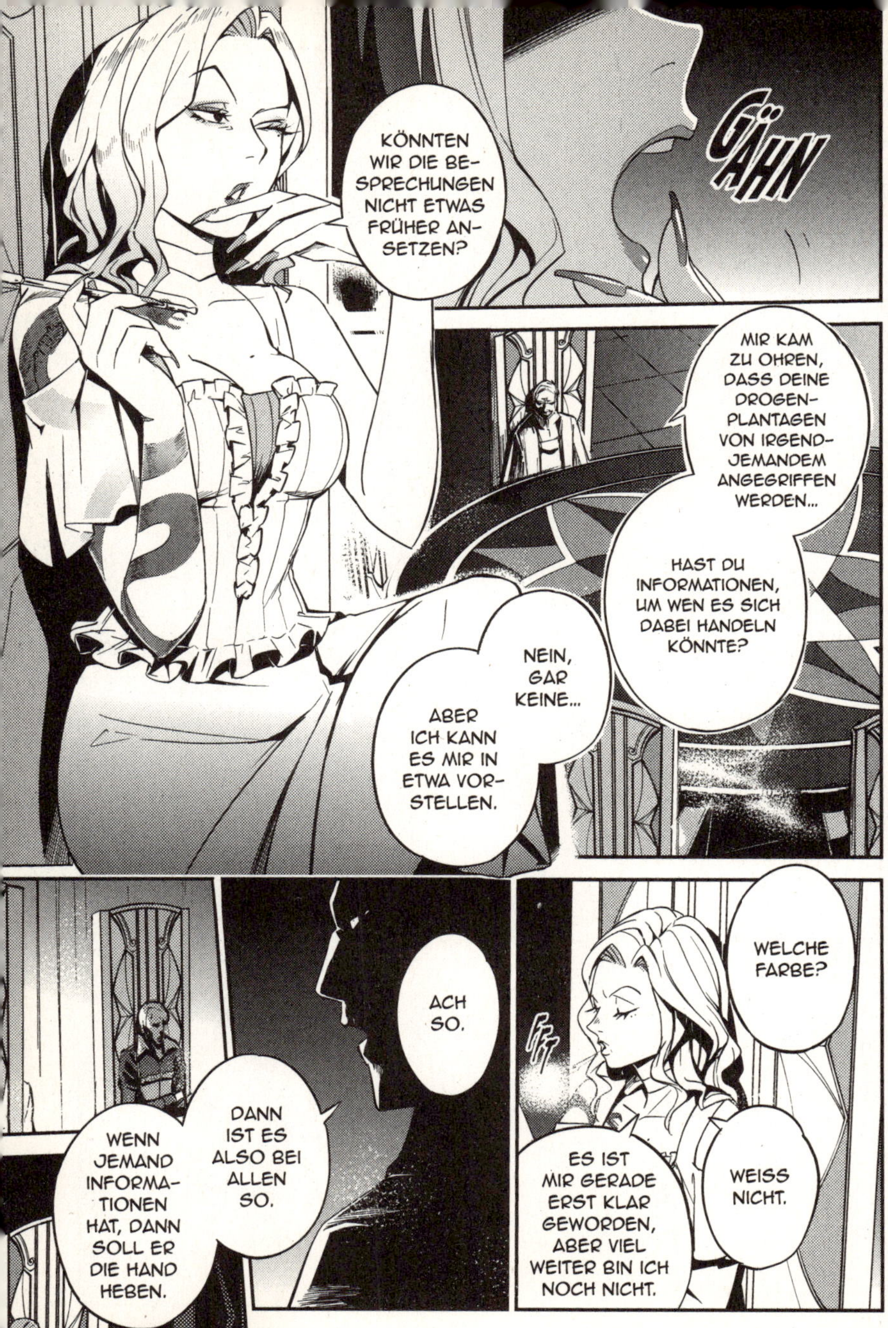
GÄHN
KÖNNTEN WIR DIE BESPRECHUNGEN NICHT ETWAS FRÜHER ANSETZEN?
MIR KAM ZU OHREN, DASS DEINE DROGENPLANTAGEN VON IRGENDJEMANDEM ANGEGRIFFEN WERDEN...
HAST DU INFORMATIONEN, UM WEN ES SICH DABEI HANDELN KÖNNTE?
NEIN, GAR KEINE...
ABER ICH KANN ES MIR IN ETWA VORSTELLEN.
WELCHE FARBE?
WEISS NICHT.
ES IST MIR GERADE ERST KLAR GEWORDEN, ABER VIEL WEITER BIN ICH NOCH NICHT.
ACH SO.
DANN IST ES ALSO BEI ALLEN SO.
WENN JEMAND INFORMATIONEN HAT, DANN SOLL ER DIE HAND HEBEN.

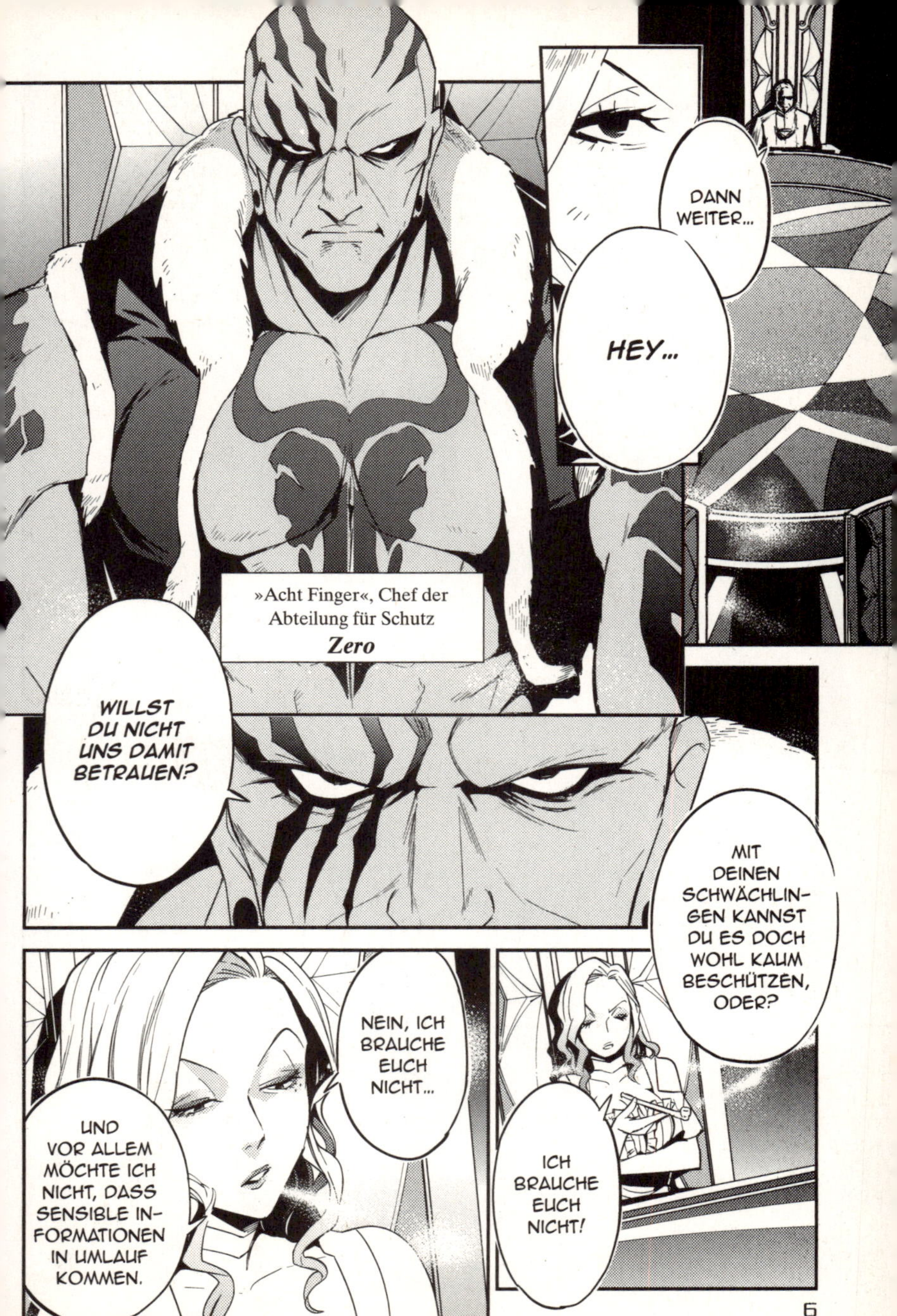
DANN WEITER...
HEY...
»Acht Finger«, Chef der Abteilung für Schutz
Zero
WILLST DU NICHT UNS DAMIT BETRAUEN?
MIT DEINEN SCHWÄCHLIN-GEN KANNST DU ES DOCH WOHL KAUM BESCHÜTZEN, ODER?
ICH BRAUCHE EUCH NICHT!
NEIN, ICH BRAUCHE EUCH NICHT...
UND VOR ALLEM MÖCHTE ICH NICHT, DASS SENSIBLE IN-FORMATIONEN IN UMLAUF KOMMEN.

NA DANN...
... KOMME ICH STATTDES-SEN DARAUF ZURÜCK...
»Acht Finger«, Chef der Abteilung für Sklavenhandel
Cocco Doll
WIE BITTE, COCCO DOLL?
KANNST DU ETWA BEZAH-LEN?
MACH DIR DA MAL KEINE SORGEN, ZERO...
ICH MÖCHTE DIE ABSO-LUTE ELITE ANHEUERN!
WENN MÖGLICH, JE-MANDEN AUS DER »SECHS ARME«-KLAS-SE...

OHO... DANN HANDELT ES SICH ALSO UM EIN GROSSES PROBLEM?
TUT MIR ECHT LEID.
MIT EINEM MÄDCHEN, DAS EIGENTLICH ENTSORGT WERDEN SOLLTE, IST DER ÄRGER ENTSTANDEN...
ES WÄRE ABER HÖCHST ÄRGERLICH, WENN DESWEGEN DER LADEN ZERSTÖRT WERDEN WÜRDE.
WÄRE ES DIREKT NACH ABSCHLUSS DIESER SITZUNG MÖGLICH? EIGENTLICH HÄTTE ICH SOFORT EINE AUFGABE...
VERSTANDEN.
ICH HABE JEMANDEN MITGEBRACHT. ICH WERDE IHN DIR AUSLEIHEN.
NA GUT...
DANN GEHEN WIR ZUM NÄCHSTEN PUNKT ÜBER.

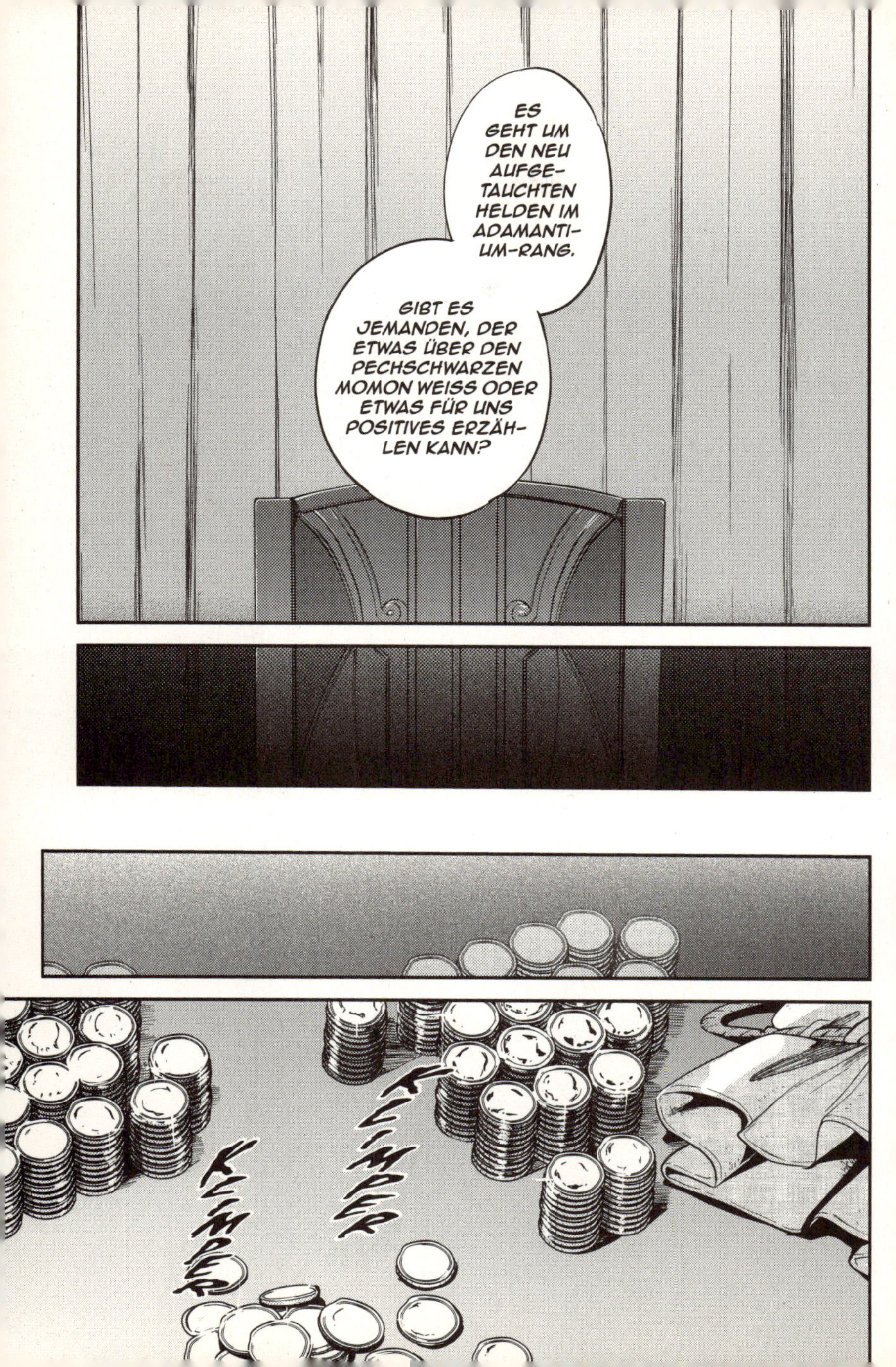
ES GEHT UM DEN NEU AUFGE-TAUCHTEN HELDEN IM ADAMANTI-UM-RANG.
GIBT ES JEMANDEN, DER ETWAS ÜBER DEN PECHSCHWARZEN MOMON WEISS ODER ETWAS FÜR UNS POSITIVES ERZÄH-LEN KANN?
KLIMPER
KLIMPER

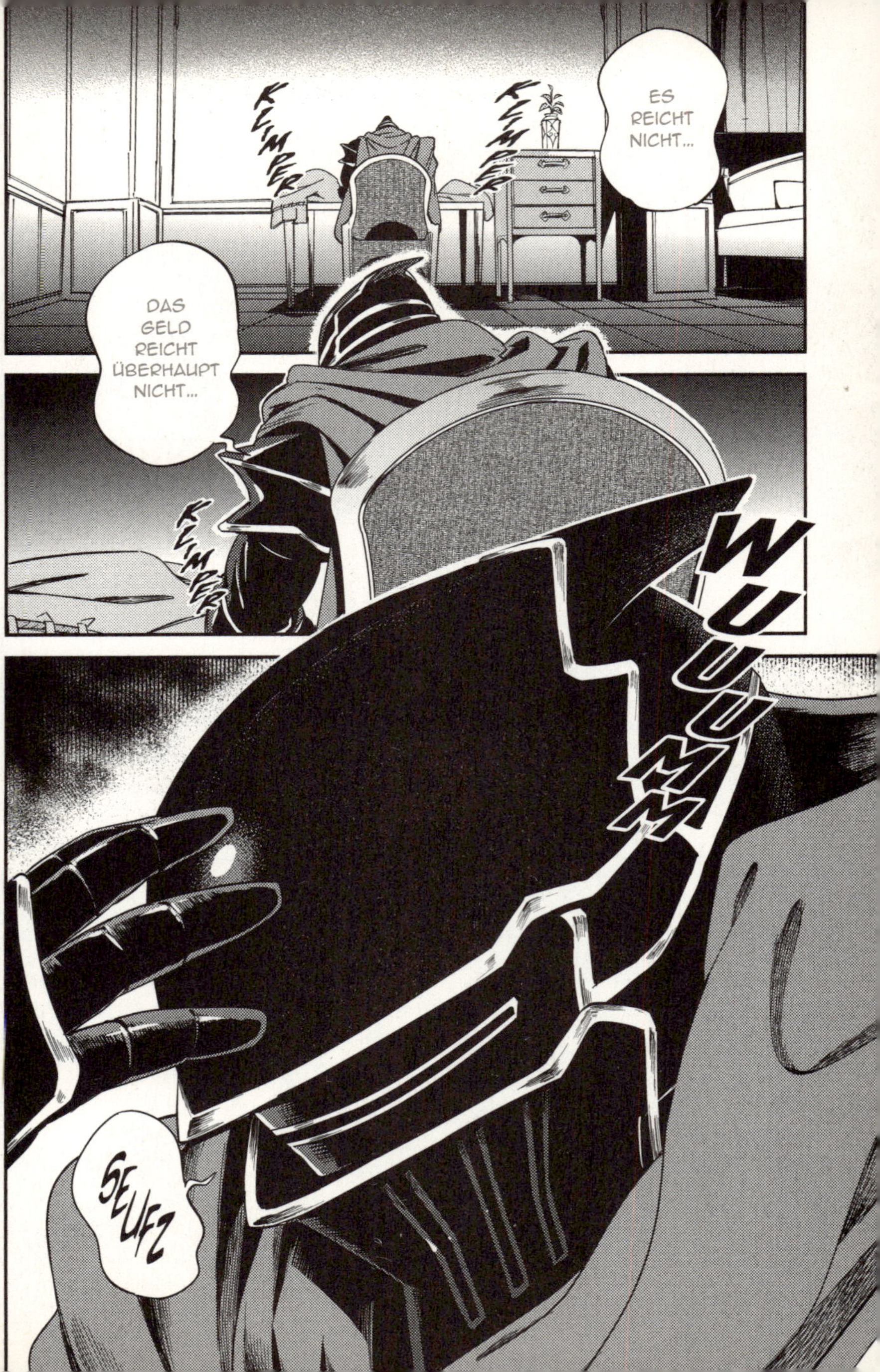
ES REICHT NICHT...
KLIMPER
KLIMPER
DAS GELD REICHT ÜBERHAUPT NICHT...
KLIMPER
WUUUMM
SEUFZ

NATÜRLICH WÄRE DIES ALLEIN BETRACHTET SCHON EINE GEWALTIGE SUMME...
... ABER...
DAS HIER WÄRE ZUNÄCHST EINMAL DAS ZUSÄTZLICHE KAPITAL FÜR SEBAS.
KRATZ
ZUCK
SCHIEB
ALS NÄCHSTES DAS HIER...
COCYTUS HAT GELD FÜR DEN WIEDERAUFBAU DES DORFS DER ECHSENMENSCHEN UND FÜR WERKZEUGE VERLANGT...
WÜRDE DAS REICHEN?
KLIMPER
...
VIELLEICHT WÄRE ES GUT, WENN ICH EIN PAAR HÄNDLER ALS SPONSOREN HÄTTE...
DIREKTE AUFTRÄGE VON HÄNDLERN SIND IN DER REGEL EINFACH UND GUT BEZAHLT, ABER...
... DASS MOMON ALLES MACHT, SOLANGE ER DAFÜR GELD BEKOMMT...
... WÄRE EINE REPUTATION...
... DIE MEINEN PLAN ZUNICHTEMACHEN WÜRDE, DIE LEGENDE VON AINZ OOAL GOWN UNSTERBLICH ZU MACHEN!
SP
ON
SO
REN

NORMALERWEISE WÜRDE ICH... SOLCH EINE UNTERKUNFT NICHT BENÖTIGEN, ABER...
... WENN ICH ALS EINZIGER ABENTEURER AUF ADAMANTIUM-RANG IN DIESER STADT...
... IN EINER BILLIGEN BLEIBE ÜBERNACHTEN WÜRDE, WÜRDE DAS MEINEM ANSEHEN SCHADEN...
ICH ESSE UND SCHLAFE NICHT...
WUUUMM
ABER... MIR FEHLT GELD...
WÜRDE ICH DEM VERBAND ETWAS SAGEN, WÜRDE ER FÜR MICH SICHER EINE BLEIBE FINDEN, ABER...
... WENN ICH MIR ETWAS ZUSCHULDEN KOMMEN LASSEN WÜRDE, WÜRDE DAS MEINEN PLAN VERKOMPLIZIEREN, AM ENDE ALLE VERBINDLICHKEITEN EINZUFORDERN...
HACH, MIR FEHLT ES AN GELD...
WO ICH GERADE AN GELD DENKE...
... WAS WÄRE MIT DEM GEHALT FÜR DIE BESCHÜTZER?
HM...
SIE SAGEN ZWAR, DASS SIE DAS ALLES AUS TREUE ZU MIR MACHEN...
... ABER FÜR IHRE ARBEIT SOLLTEN SIE DENNOCH ENTSPRECHEND ENTLOHNT WERDEN.

ABER...
IN WELCHER FORM SOLLEN SIE LOHN ERHALTEN?
DAS IST DIE FRAGE.
EIN BESCHÜTZER DER OBERSTEN KLASSE WÜRDE IM JAHR 15 MILLIONEN BENÖTIGEN...
SHALLTEAR, COCYTUS, AURA, MARE, DEMIURGOS...
... UND ALBEDO NOCH DARÜBER.
ALSO MINDESTENS MAL SECHS...
NEIN... UNMÖGLICH! SO VIEL GELD KANN ICH NICHT AUFTREIBEN...
GENAU! ICH MUSS IHNEN NUR ETWAS ENTSPRECHENDES GEBEN!
WAMM
ICH ERSCHAFFE EIN PAPIERGELD, DAS MAN NUR IN NAZARICK NUTZEN KANN...
?
VERWENDUNG
ABER FÜR WAS SOLL MAN SIE VERWENDEN KÖNNEN?
DIE EINRICHTUNGEN VON NAZARICK KANN ICH GRATIS NUTZEN...
ABER...

ICH FÜHRE WIRKLICH VIEL MEHR...
... SELBST-GESPRÄ-CHE...
ALS AUSSER MIR NIEMAND MEHR NACH YGGDRASIL KAM...
... HABE ICH AUCH MEHR MIT MIR GEREDET...
... DA HABE ICH MIR DAS WOHL ANGE-WÖHNT.
BE-STIMMT ...

... WEIL ICH JETZT GANZ AL- LEIN BIN...

HMPF...
NEIN, DAS WÄRE IHNEN GEGENÜBER UNHÖFLICH!
DENNOCH...
... UM DEN WUNSCH ALLER ZU ERFÜLLEN...
... UND DIE ROLLE ALLER 41 ERHABENEN ZU SPIELEN...
... MUSS ICH VIELLEICHT SATORU SUZUKI AUSLÖSCHEN...
KLOPF
KLOPF

KLOCK
KLOCK
QUIETSCH
IST ETWAS, NABE?
JA, MEI... HERR...
... MOMON.

DASS ES DIR MANCHMAL RAUSRUTSCHT, IST WIRKLICH KEINE SCHÖNE ANGEWOHNHEIT...
WUSCH
ACH, DU MUSST DEN KOPF NICHT SENKEN. IST SCHON GUT.
ABER WAS IST DENN LOS?
ICH HABE DEN HÄNDLERN DEN AUFTRAG GEGEBEN, HERR MOMON.
ES GEHT UM DAS SAMMELN VON EISENERZ.
ACH SO...
UND WELCHES EISENERZ? WURDE ES AN ALLEN ACHT ORTEN GESAMMELT?
ES TUT MIR SEHR LEID, ABER DAS WEISS ICH NICHT...
NA GUT.
SELBST OHNE ZU WISSEN, WOHER ES KOMMT... WIR HABEN DAS GELD, UM ALLES AUFZUKAUFEN.
KLIMPER
KLIMPER

VER-STANDEN.
ABER... DARF ICH NACH DEM GRUND FRAGEN?
WUSCH
WARUM ICH VON VERSCHIEDE-NEN ORTEN EISENERZ KAUFE?
UM ES IN DIE AUS-TAUSCHBOX ZU WERFEN.
ICH MÖCHTE HERAUSFINDEN, OB ES BEI ERZ VON UNTER-SCHIEDLICHEN ORTEN EINEN PREISUNTER-SCHIED GIBT.
AUSTAUSCHBOX (SPITZNAME: SCHREDDER) DAMIT KANN MAN HINEINGELEGTE GEGENSTÄNDE SCHÄTZEN UND IN DIE WÄHRUNG VON YGGDRASIL VERWANDELN.
WIE DU WEISST, HABE ICH AUCH WEIZEN SCHÄTZEN LASSEN.
EINE GROSSE MENGE WAR EINE GOLD-MÜNZE WERT.
WENN ICH MIT GOLEMS DEN WEIZEN EN MASSE ANBAUEN WÜRDE...
WOBEI ES DABEI JEDE MENGE PRO-BLEME GÄBE...
ICH HABE VERSTAN-DEN.
DANN WERDE ICH ES JETZT SOFORT KAU-FEN GEHEN.
JA. ABER SEI VOR-SICHTIG.
NICHT AUSGE-SCHLOSSEN, DASS DICH JEMAND ANGREIFT.
GESETZT DEN FALL... WEISST DU BESCHEID, ODER?

ICH WERDE NICHT DARAN DENKEN, DEN SCHATTENDÄMON ALS SCHUTZ ZU VERWENDEN UND INFORMATIONEN ZU SAMMELN...
STATTDESSEN SOLL ICH AUF MEINE SICHERHEIT ACHTEN UND MICH ZURÜCKZIEHEN.
UND DABEI...
... GEHE ICH ZUM FALSCHEN NAZARICK, UM DEM FEIND FALSCHE INFORMATIONEN ZU GEBEN.
SEHR GUT!
ACHTE AUF DEINE SICHERHEIT UND GEHE NICHT AUF WEGEN, AUF DENEN DU LEICHT ANGEGRIFFEN WERDEN KÖNNTEST.
UND...
... SOLLTEST DU VON MENSCHEN BEDRÄNGT WERDEN...
... VERSUCHE, IHNEN KEINEN SCHADEN ZUZUFÜGEN!
DU DARFST DEINER MORDLUST NICHT FREIEN LAUF LASSEN...
UND VERMEIDE AUF JEDEN FALL, MENSCHEN ALS »UNWÜRDIGE MADEN« ZU BEZEICHNEN!
WIR WERDEN...

... ALS DIE PECH-SCHWARZEN ABENTEURER DES HÖCHSTEN RANGES VEREHRT!
WIR SIND SCHLIESSLICH MOMON UND NABE!!
HM...
DAS IST ALLES.
JETZT GEH, NABE!

KNALL
SEUFZ
WENN MAN KEIN GELD HAT ...
... HÄUFEN SICH DEN-NOCH DIE AUSGABEN.
ES IST ZUM VERRÜCKT-WERDEN...
Einige Tage zuvor...
Re-Estize-Königreich
Die Hauptstadt Re-Estize
Hauptstraße

RAUN
RAUN

WAS HABEN SIE DENN?
WUSCH
AUF DEM HEIMWEG HABE ICH MIR DEN FUSS VERSTAUCHT...
DAS KÖNNTE ICH MIT QIGONG HEILEN...
SIE SIND ALSO IN SCHWIERIGKEITEN ...
KANN ICH IHNEN IRGENDWIE HELFEN?
N...NEIN, ICH KANN DOCH NICHT IHRE HILFE ANNEHMEN...
KEIN GRUND, ZURÜCKHALTEND ZU SEIN...
LÄCHEL
ES IST DOCH SELBSTVERSTÄNDLICH, PERSONEN IN NOT EINE HELFENDE HAND ZU REICHEN.
OHO...

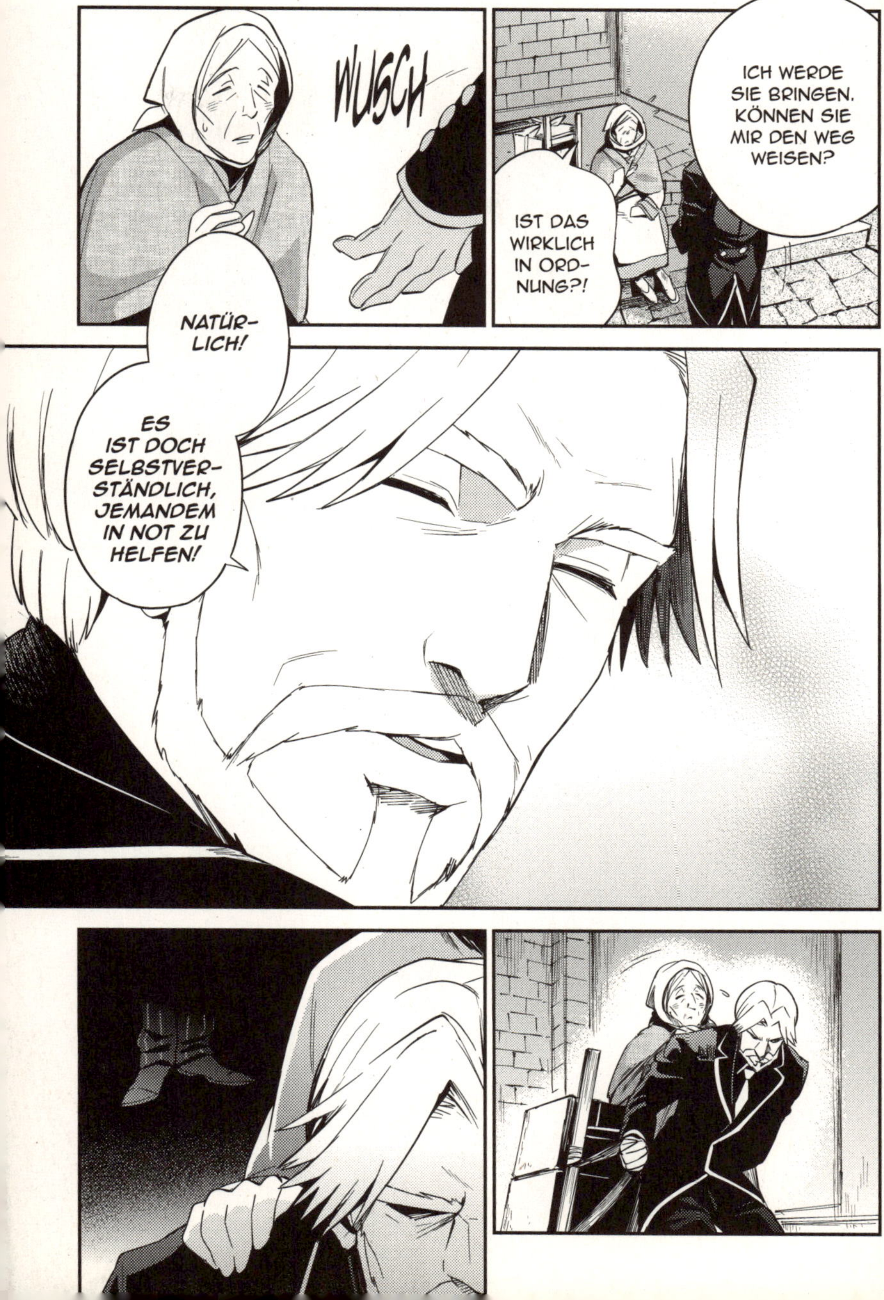
WUSCH
ICH WERDE SIE BRINGEN. KÖNNEN SIE MIR DEN WEG WEISEN?
IST DAS WIRKLICH IN ORDNUNG?!
NATÜRLICH!
ES IST DOCH SELBSTVERSTÄNDLICH, JEMANDEM IN NOT ZU HELFEN!

Zentrale der Magiergilde
HERZLICH WILLKOMMEN BEI DER MAGIERGILDE...
... HERR SEBAS!

WUSCH
ICH MÖCHTE SCHRIFT-ROLLEN KAUFEN.
DARF ICH WIE IMMER DIE LISTE SEHEN?
ABER NATÜRLICH.
WÜHL
BLÄTTER

DAS IST EIN MAGISCHER GEGENSTAND, DER ES EINEM ERLAUBT, JEDE SCHRIFT ZU LESEN...
ICH VERTRAUE IHN DIR AN.
TRÄUM
...
IST IRGEND-ETWAS?
!
ÄH, NEIN...
ICH HABE NUR... IHRE SCHÖNE KÖR-PERHALTUNG BEWUNDERT.

ERRÖT
LÄCHEL
VIELEN DANK!
DIESE MAGIE ...
KÖNNEN SIE MIR »SCHWEBENDES BRETT« GENAUER ERKLÄREN?
NATÜRLICH.
»SCHWEBENDES BRETT« IST EINE MAGIE ERSTER KLASSE.
MAN KANN DAMIT EINE HALB DURCHSICHTIGE SCHWEBENDE FLÄCHE ERZEUGEN.
DIE GRÖSSE UND DIE TRAGLAST DER FLÄCHE HÄNGEN VON DER MAGISCHEN STÄRKE DES WIRKERS AB...
BEIM AUSLÖSEN DURCH DIE SCHRIFTROLLE IST ES EINE QUADRATISCHE FLÄCHE VON EINEM METER MIT EINER MAXIMALEN TRAGLAST VON 50 KILOGRAMM.

DIE FLÄCHE KANN FÜNF METER VOM WIRKER ENT- FERNT SEIN...
... UND IHM AUSSERDEM AUTOMATISCH FOLGEN.
MEIST WIRD DIESER ZAUBER ZUM TRANSPORT VON LASTEN EINGE- SETZT, WESWEGEN MAN IHN AUCH BEIM BAU VON GEBÄU- DEN SEHEN KANN.
ICH VER- STEHE.
DANN MÖCHTE ICH, DASS SIE MIR DIESE SCHRIFTROLLE VERKAUFEN.
GERNE DOCH.
HIER IST SIE.
WUSCH
ICH WILL SIE IHNEN ABKAUFEN.
WEIL ES SICH UM EINE SCHRIF- TROLLE MIT MAGIE ERS- TER KLASSE HANDELT...
... MACHT DAS EINE GOLD- UND ZEHN SILBER- MÜNZEN.
KLIMPER
IN DER TAT.

PLAPPER PLAPPER
DER ALTE IST ECHT COOL, ODER?
WÜRDE ER MICH AUF EINEN TEE EIN-LADEN, WÜRDE ICH MITGEHEN!
KREISCH KREISCH
JA, ICH AUCH! ICH WÜRDE SOFORT MITGEHEN!
ANSCHEI-NEND HAT ER ERFAHRUNG DARIN, DEM HOCHADEL ZU DIENEN...
SEINE HALTUNG UND SEINE BE-WEGUNGEN SIND SEHR SCHÖN... AUSSERDEM IST ER SEHR GELEHRT. OB ER WOHL AUCH EIN MAGIEWIRKER IST?
DA ER IMMER DIE NEUSTEN ENT-WICKLUNGEN KAUFT, KANN DAS DURCH-AUS SEIN...
ICH MÖCHTE DIE SCHÖNE FRAU WIEDER-SEHEN, DIE ER NEULICH DABEIHATTE.
HÄ? SIE WAR ZWAR WIRKLICH SCHÖN, ABER DOCH NUR REIN ÄUSSERLICH...
JA, HERR SEBAS TUT MIR WIRKLICH LEID!
ER SCHEINT ECHT AUS-GENUTZT ZU WERDEN...

GUT! SCHLUSS JETZT MIT DEM GE-REDE!
KLATSCH KLATSCH
...
DER PLAN HAT SICH EIN WENIG GEÄNDERT.
SCHAT-TENDÄ-MON...
BITTE RICHTE SOLUTION AUS, DASS ES ETWAS SPÄTER WIRD.
WUMM
DAS IST ALLES.
WUSCH

NUN GUT.
ES WURDE MIR ZWAR NICHT DIREKT BEFOHLEN, ABER ICH SOLLTE DENNOCH EIN WE-NIG DIE STRASSEN DER HAUPTSTADT KENNENLERNEN.
KLOCK
SOLL ICH HEUTE DORT ENTLANG-GEHEN?

ICH HABE MICH ZIEMLICH WEIT VON UNSEREM STÜTZPUNKT ENTFERNT, ODER?
ICH MÖCHTE NOCH ETWAS ERKUNDEN ...
SOLL ICH ZURÜCK?
ICH SCHAU MICH ZUMINDEST NOCH DA VORNE UM!

UNSCHAU
UNSCHAU
RUMMS
BWUTSCH
SCHWUNG

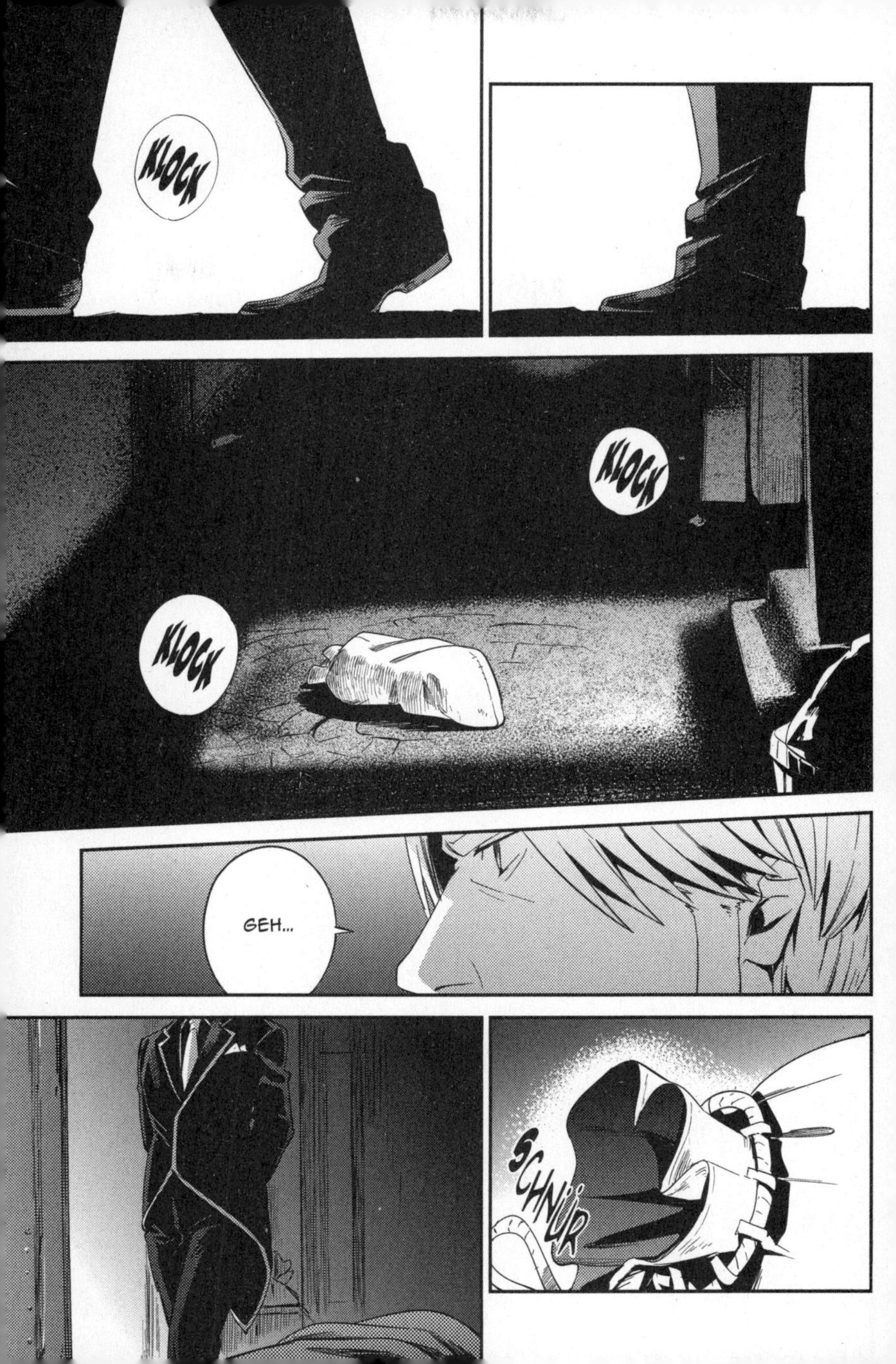
KLOCK
KLOCK
KLOCK
GEH...
SCHNÜR

Interpretative Notizen des Overlords

Erklärungen Kapitel 25

»Acht Finger«

八本指

Übersicht

Die »Acht Finger« sind eine Verbrecherorganisation mit Sitz im Re-Estize-Königreich. Sie besteht aus acht Abteilungen: Sklavenhandel, Meuchelmord, Schleichhandel, Diebstahl, Drogenhandel, Schutz, Geldwäsche und Glücksspiel. Sie soll in Verbindung mit mehreren Unterweltorganisationen des Königreichs stehen. Da sich die von Acht Finger angebauten Drogen auch im Baharuth-Imperium verbreiten, sorgen sie für diplomatische Auseinandersetzungen. Die Führung des Königreichs arbeitet zwar daran, die Acht Finger zu verfolgen, doch da diese mit einem Teil des Adels in Zusammenhang stehen, kommen die Ermittlungen nur schwer voran.

Organisation

- Abteilung für Drogenhandel: Diese Abteilung ist mit dem Anbau und dem Handel von Schwarzstaub bzw. Laira-Pulver vertraut. Die Chefin ist eine ehemalige Prostituierte namens Hilma Cygnaeus.
  Laira-Pulver kann großflächig angebaut werden und ist billig. Es wird von dem Nutzer in Wasser aufgelöst eingenommen und löst Rausch- und Glücksgefühle aus.
  Es heißt, dass es keine Nebenwirkungen besitzt, weswegen es sich stillschweigend geduldet im Königreich verbreitet hat. Doch eigentlich macht es extrem abhängig und verursacht schwerwiegende Gesundheitsprobleme wie das Schrumpfen des Gehirns. Schwerabhängige kommen – sofern sie nicht Hilfe durch Magie erhalten – nur sehr schwer aus eigenem Willen davon los.
- Abteilung für Sklavenhandel: Neben der Beschäftigung mit Menschenhandel betreibt diese Abteilung Bordelle mit weiblichen Sklaven. Der Chef ist Cocco Doll.
  Seit Reneer den Sklavenhandel im Königreich verboten hat, muss die Abteilung im Geheimen agieren, wodurch die Gewinne eingebrochen sind.
- Abteilung für Schutz: Diese Abteilung beschützt das Leben von Adligen und anderen Auftraggebern. Der Chef ist Zero, der als stärkster Kämpfer der Acht Finger bekannt ist.
  Eine Gruppe aus sechs mächtigen Kämpfern, die von Zero angeführt werden, ist unter dem Namen »Sechs Arme« bekannt. Man sagt, dass die Kraft dieser Sechs einem Abenteurer im Adamantium-Rang ebenbürtig sei.

Episode:32
OVERLORD

KANNST DU...
... MICH BITTE LOS-LASSEN?
...
STECKST DU VIELLEICHT IN SCHWIERIG-KEITEN?
WENN DAS SO IST, DANN...
HEY, OPA!
VON WO BIST DU DENN HERGE-KOMMEN ?!

HEY, HEY, HEY...
WAS GLOTZT DU DENN SO, GROSS-VÄTER-CHEN?
SCHIEB AB!
ICH LASS DICH NOCH MAL LEBEND GEHEN!
...
HEY, OPA! HÖRST DU MICH NI...?
LÄCHEL
SCHWITZ
HM...

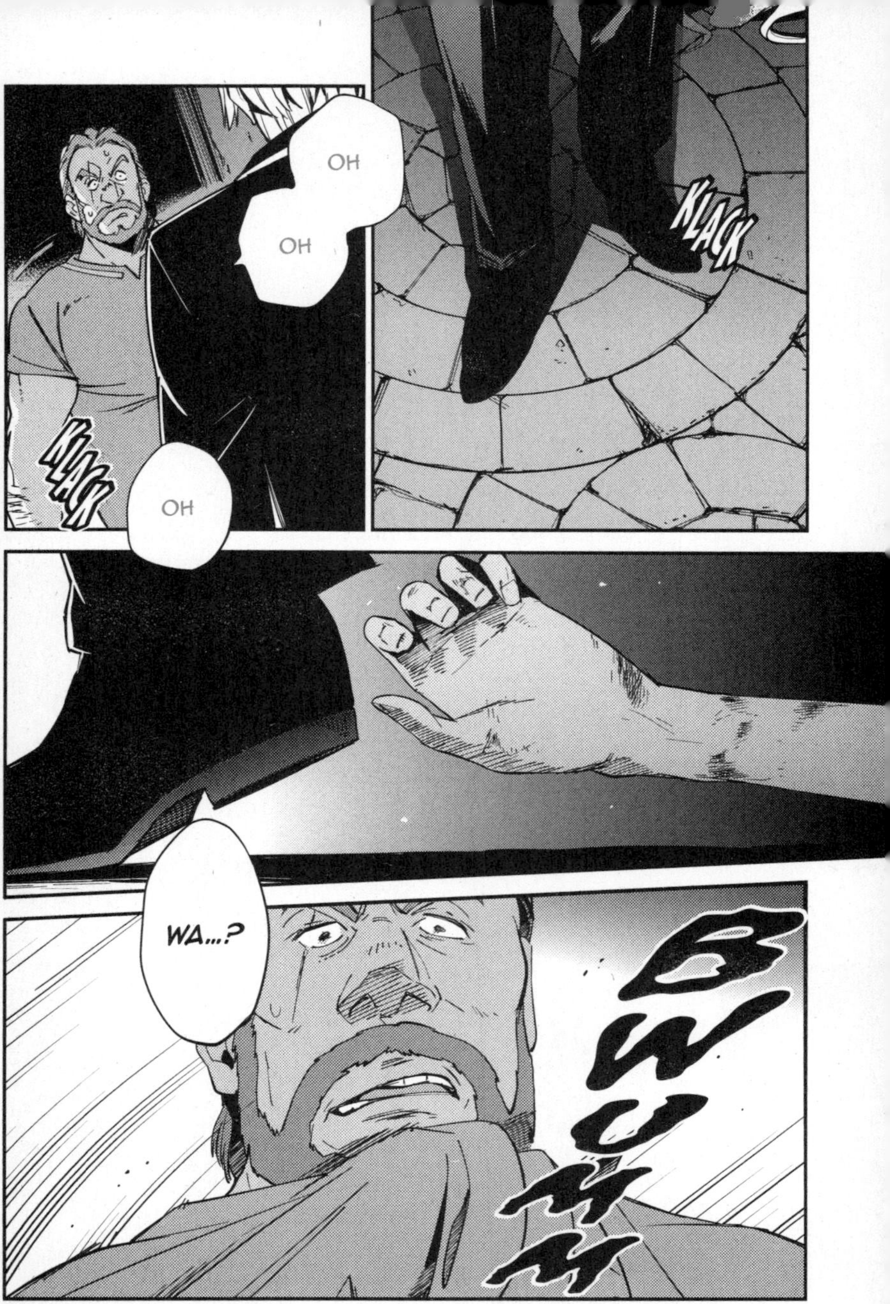
OH
OH
KLACK
KLACK
OH
WA...?
BWUMMM

?!
WAS GENAU IST SIE?

E...
EINE BESCHÄFTIGTE VON UNS...
ICH HABE GEFRAGT, WAS SIE IST!
IST DEINE ANTWORT DARAUF ETWA »EINE BESCHÄFTIGTE«?
NEIN... UNTER MEINEN KAMERADEN...
... GIBT ES AUCH WELCHE, DIE MENSCHEN NUR WIE GEGENSTÄNDE BEHANDELN.
WÜRDEST DU EBENSO DENKEN...
... HÄTTEST DU KEIN VERSTÄNDNIS FÜR DEINE SCHULD ...
... ABER...
... DU HAST SIE ALS BESCHÄFTIGTE BEZEICHNET.
HAST DU ETWA SO GEHANDELT, OBWOHL DU WUSSTEST, DASS SIE EIN MENSCH IST?
NUN GUT...
DANN STELLE ICH DIR EINE WEITERE FRAGE...

WAS GENAU WOLLTEST DU JETZT MIT IHR MACHEN?
W...WEIL SIE KRANK IST, WOLLTE ICH SIE ZUM TEMPEL...
KNIRSCH
ICH MAG ES GAR NICHT, WENN GELOGEN WIRD!
KNIRSCH
URGH!
HNNGH!
KNIRSCH
HÖR AUF...
AARGH
BAMM
ICH WÜRDE DIR RATEN, LIEBER DIE WAHRHEIT ZU SAGEN!
PATSCH
AAH ...

WUSCH
RUMMS
GÄAAAARGH!!!
KEUCH
KEUCH
WUSCH
HILFE.
!
HALT!
W... WARTE MAL!
RUTSCH
I...
ICH WOLL-TE SIE MIT ZUM TEMPEL NEHMEN!

NOCH EINE LÜGE. ER IST ÜBERRASCHEND WILLENSSTARK...
VIELLEICHT WÄRE ES ZU GEFÄHRLICH, WENN ER INFORMATIONEN PREISGEBEN WÜRDE...
NA DANN ...
... IST ES JA KEIN PROBLEM, WENN ICH SIE HINBRINGE.
ICH WERDE MICH UM SIE KÜMMERN.
...
ICH HABE ABER KEINEN BEWEIS, DASS DU SIE WIRKLICH HINBRINGST!
A... AUSSERDEM...
GENAU!
NACH DEM GESETZ IST SIE UNSER BESITZ!
WENN DU DEINE HAND NACH IHR AUSSTRECKST ...
... BRICHST DU DAMIT DIE GESETZE DIESES KÖNIGREICHS!
WENN DU SIE MITNEHMEN WÜRDEST, WÄRE DAS DIEBSTAHL!

DER ERHABENE HAT MIR EIGENTLICH BEFOHLEN...
... DASS ICH MICH UNTER DIE LEUTE MISCHEN UND INFORMATIONEN SAMMELN SOLL...
DAHER WÄRE ES NICHT WÜNSCHENSWERT, WENN ICH HIER FÜR AUFSEHEN SORGE...
ICH WEISS ZWAR NICHT, WELCHEM HERRN DU DIENST...
... ABER ES WÄRE FÜR IHN BESTIMMT EIN PROBLEM, WENN DU HIER ÄRGER MACHST!
GLAUBST DU, MEIN MEISTER KANN WEGEN SO EINER LAPPALIE NICHTS MACHEN?
REGELN EXISTIEREN NUR...
... DAMIT SIE VON STARKEN GEBROCHEN WERDEN, ODER?
DA...
DANN WILLST DU ES DURCHZIEHEN?
MEIN BLUFF SCHEINT NICHT ZU WIRKEN...
HM...
... NA DANN...
ICH VERSTEHE...
TATSÄCHLICH WÜRDE ES WOHL ÄRGER MACHEN.

ABER...
... DAS GESETZ SAGT AUCH, DASS PERSONEN, DIE UM HILFE BITTEN...
... NOTFALLS UNTER ANWENDUNG VON GEWALT GERETTET WERDEN DÜRFEN.
ICH HALTE MICH NUR DARAN, UM SIE ZU RETTEN.
ABER JETZT IST SIE BEWUSSTLOS...
... DAHER MUSS SIE ZUR BEHANDLUNG ZUM TEMPEL GEBRACHT WERDEN, ODER?
HM...
UPS...
NEIN... ALSO...
ICH HABE NUR GESAGT, WAS MIR IN DEN SINN KAM...
... ABER ANSCHEINEND KENNT ER SICH DA AUCH NICHT BESSER AUS...
WUSCH

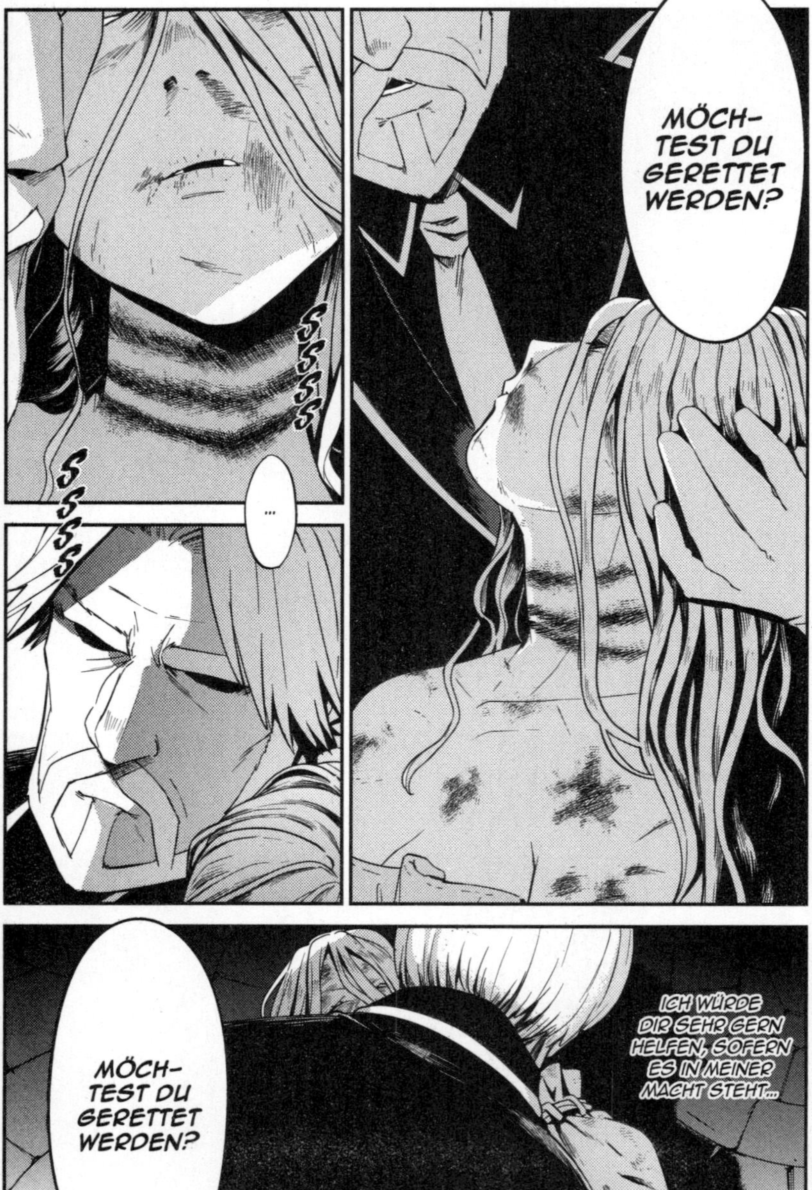

MÖCH-TEST DU GERETTET WERDEN?
SSSSS
...
SSSSS
ICH WÜRDE DIR SEHR GERN HELFEN, SOFERN ES IN MEINER MACHT STEHT...
MÖCH-TEST DU GERETTET WERDEN?

WENN ICH SIE RETTE...
... IST DIE WAHR-SCHEINLICHKEIT HOCH, DASS ES PROBLEME GE-BEN WIRD.
WÜRDE...
... DER ER-HABENE MIR DIES VER-ZEIHEN?

WÄRE DAS NICHT VERRAT AM WILLEN DES ERHA-BENEN?
ICH ...

SSSSS
HE...
SSSSS

...
RE...
TTE...

NICK
ICH WÜRDE NIEMANDEN RETTEN, DER NACH RET-TUNG RUFT...
... OBWOHL ER WIE EINE PFLANZE IM LEBENSSPEN-DENDEN REGEN STEHT.
WENN EINER ...
... JEDOCH AM EIGENEN LEBEN VER-ZWEIFELT...
VERGISS DEINE ANGST...
... UND ENTSPANN DICH!

DU BIST...
... NUN IN MEINER OBHUT!!

DU LÜGST ...
SIE HAT NICHT...
TSCHING
WAR... DAS GE- LOGEN?
WILLST DU...
... WIRKLICH BEHAUPTEN, DASS ICH EIN SCHÄBIGER LÜGNER WIE DU BIN?
AH!
ICH...
NEI ...

GUT.
DANN NEHME ICH SIE MIT.
W... WARTE!
NEIN, WARTE BITTE!
WAS IST DENN? SPIELST DU ETWA AUF ZEIT?
N...NICHT DOCH.
WENN DU SIE MITNIMMST, BEKOMME ICH GROSSE PROBLEME!
FÜR DICH...
... UND FÜR DEINEN HERRN WÜRDE DAS NUR ÄRGER BEDEUTEN.
DU KENNST SIE DOCH, ODER?
DIE >>ACHT FINGER<<?

DAS IST DIESE VERBRECHER-ORGANISATION, DIE DAS KÖNIGREICH IM GEHEIMEN KONTROLLIERT...
ALSO DESWEGEN, JA? TU SO, ALS HÄTTEST DU NICHTS GESEHEN.
WENN DU SIE MITNIMMST...
... HÄTTE ICH VERSAGT UND WÜRDE BESTRAFT WERDEN.
ICH WERDE SIE MITNEHMEN.
BITTE ERSPAR MIR DAS!
SIE WERDEN MICH TÖTEN!!
NA DANN...
... KÖNNTEST DU DOCH WEGLAUFEN, ODER?
RED KEINEN UNSINN! ICH HABE KEIN GELD FÜR EINE FLUCHT!

DEN MANN ZU TÖTEN WÄRE VIELLEICHT DAS EINFACHSTE, ABER ...
... WENN ER VERZWEIFELT FLIEHT ...
... KÖNNTE MIR DAS ZEIT VERSCHAFFEN, UM SIE IN SICHERHEIT ZU BRINGEN.
WARUM ...
WARUM BEGEBE ICH MICH IN SO EINE GEFAHR?
JEMAND VON NAZARICK WÜRDE EINE WIE SIE GANZ EINFACH IM STICH LASSEN ...

WOHER RÜHRT DIESE AUFREGUNG IN MEINEM HERZEN...
... SIE UNBEDINGT RETTEN ZU WOLLEN?

JETZT IST NICHT DER RICHTIGE AUGENBLICK, UM DARÜBER NACHZUDEN-KEN.
ICH GLAUBE, DASS DEIN LEBEN ES NICHT WERT IST...
... ABER ICH WERDE DAFÜR BE-ZAHLEN!
WUSCH
KLIMPER
KLIMPER
DAS SIND...
... HANDELS-MÜNZEN AUS PLA-TIN...
DIE SIND UM EIN VIELFACHES KOSTBARER ALS GOLD-MÜNZEN...
HEURE DAMIT EIN PAAR ABEN-TEURER AN UND FLIEH SO SCHNELL DU KANNST!
AUSSER-DEM HÄTTE ICH NOCH EINIGE FRAGEN.
HAST DU ZEIT, DARAUF ZU ANT-WORTEN?
ÄH, DA ICH SIE BESEI... ÄHM...
DA ICH SIE ZUM TEMPEL BRINGEN SOLLTE...
... IST ES IN ORDNUNG, WENN ICH EIN BISSCHEN SPÄTER KOMME.

VERSTAN-
DEN.
DANN WERDE ICH JETZT GEHEN.

Lakyus Alvein Dale Aindra

ラキュース

Ihr wahrer Name lautet Lakyus Alvein Dale Aindra. Sie ist Abenteurerin und die Anführerin des Abenteurerteams auf Adamantium-Rang »Blaue Rose«, die mit Sitz im Re-Estize-Königreich aktiv ist.

Fähigkeiten

Neben den geistlichen Kampfklassen Kleriker, Templer und Priesterin ist sie eine weitere klerikale Magiewirkerin mit dem Glauben an die Wassergöttin. Sie besitzt beachtliche Kampfkraft mit dem Schwert, aber ihre Magiefähigkeiten sind ebenfalls sehr hoch, da sie das Talent besitzt, Reanimationsmagie der fünften Klasse einzusetzen.

Schon mit 19 Jahren hat sie den Adamantium-Rang erreicht und ist eine der wenigen Personen, die den Rang eines Helden erreicht haben. Es ist auch bekannt, dass sie Talente besitzt.

Geschichte

Lakyus wurde als Tochter eines adligen Hauses des Königreichs geboren und hätte deshalb eigentlich keinen Grund gehabt, einen so schweren Weg einzuschlagen und Abenteurerin zu werden. Doch sie hat sich von der Abenteurergruppe »Rote Tropfen« beeinflussen lassen, die von ihrem Verwandten Azuth angeführt wird, und hat aus eigenem Willen ihre Familie verlassen.

Während der Aufträge lernte sie Gagaran und Rigrit kennen und hat mit ihnen ein Abenteurerteam gebildet.

Danach schlug sie Tia und Tina zurück, die sie eigentlich ermorden sollten, und überredete sie, sich der Gruppe anzuschließen. Als Rigrid die Gruppe verließ, kam stattdessen Evileye hinzu, und damit wären alle derzeitigen Mitglieder der »Blauen Rose« genannt.

Zusammen mit der Blauen Rose hat Lakyus zahlreiche Heldentaten vollbracht und kämpfte auch einmal gegen die Sonnenschein-Schrift, die unter der Führung von Nigun steht, wobei diese zurückgeschlagen wurde. Die Narbe in Niguns Gesicht wurde dieser von niemand anderem als ihr zugefügt.

Ausrüstung

- Dämonenklinge Kilineiram: Eines der vier Dunkelschwerter, die von dem Dunkelritter geführt wurden, der einer der dreizehn Helden war. Die pechschwarze Klinge dieses dämonischen Schwertes erinnert an den Nachthimmel. Indem man magische Energie in das Schwert leitet, kann man eine elementlose Explosion auslösen.
- Virgin Snow: Ein Plattenharnisch, der platinfarben und golden glitzert. An mehreren Stellen sind Einhörner eingraviert. Diese Rüstung kann nur von Jungfrauen getragen werden und kann nicht unrein werden.
- Umhang der Rattengeschwindigkeit: Ein billig aussehender Umhang in der Farbe einer Ratte, tatsächlich aber ein mächtiger magischer Gegenstand, der die Geschwindigkeit des Nutzers steigert und somit auch den Ausweichwert erhöht.
- Fliegende Schwerter: Magische Gegenstände, die um sie schweben und auf Gegner abgeschossen werden können.

Außerdem trägt sie an fünf Fingern Panzerringe, aber die haben keine besondere Bedeutung.

Hauptstadt: Wohngebiet der Oberschicht
Episode: 33
OVERLORD
KNALL
WILL-KOMMEN ZURÜCK...
... MEISTER SEBAS!
WAS IST DAS DENN?
ICH HABE SIE AUFGE-LESEN.

ICH GLAUBE KAUM, DASS SIE EIN SOUVENIR FÜR MICH IST...
WELCHEN ZWECK SOLL SIE HABEN?
ACH JA...
KÖNNTEST DU ERST MAL IHRE WUNDEN BEHANDELN?
IHRE WUNDEN?
NA, DAFÜR...
... HÄTTEN SIE SIE BESSER BEIM TEMPEL ABGEBEN SOLLEN, ODER?
KAPUTT
DAS STIMMT.
WARUM HABE ICH DARAN NICHT GEDACHT...?
WERDEN SIE SIE JETZT ENTSORGEN?
NEIN... ICH HABE SIE NUN EINMAL MITGEBRACHT.
WIR SOLLTEN UNS ÜBERLEGEN, WIE WIR SIE SINNVOLL EINSETZEN KÖNNEN.

KANNST DU...
... SIE GRÜNDLICH UNTERSU-CHEN?
VERSTAN-DEN...
NA GUT...
FLATTER
SOLUTION ...
DEN REST ÜBERLAS-SE ICH DIR.
KNALL

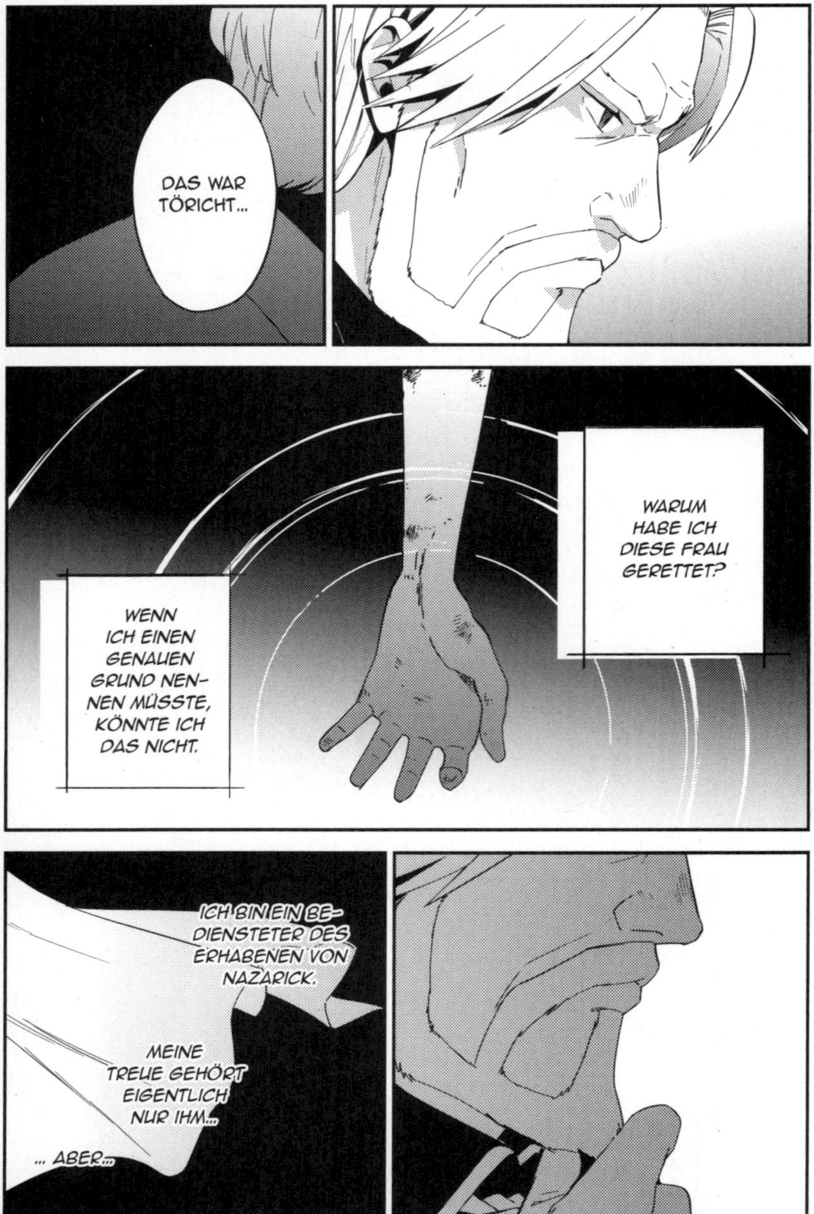
DAS WAR TÖRICHT...
WARUM HABE ICH DIESE FRAU GERETTET?
WENN ICH EINEN GENAUEN GRUND NEN-NEN MÜSSTE, KÖNNTE ICH DAS NICHT.
ICH BIN EIN BE-DIENSTETER DES ERHABENEN VON NAZARICK.
MEINE TREUE GEHÖRT EIGENTLICH NUR IHM...
... ABER...

»... WENN JEMAND PROBLEME HAT, IST ES SELBSTVERSTÄNDLICH, DASS MAN IHM HILFT.«
SO SAGTE TOUCH ME, EINER DER STÄRKSTEN VON AINZ OOAL GOWN.
ER WAR EINER DER 41 ERHABENEN UND TRUG DEN TITEL ALS WELTENCHAMPION...
FÜRST TOUCH ME...
EUER WILLE, DER MICH ERSCHAFFEN HAT...
... IST GLEICHSAM EINE FESSEL...
IST DAS...
... ETWA EIN FLUCH?

FÜR EINE EXISTENZ, DIE NICHT ZU AINZ OOAL GOWN GEHÖRT...
... SO ETWAS WIE MITLEID ZU EMPFINDEN IST FALSCH!
DIE BEFEHLE EINES ERHABENEN SIND ABSOLUT...
WENN ER: »TÖTE« BEFIEHLT, MUSS MAN SOFORT TÖTEN, SELBST, WENN ES EIN FREUND IST...
EBENSO WENN DER EIGENE TOD BEFOHLEN WÜRDE...
DAS IST WAHRE LOYALITÄT.
DEN WILLEN DES ERHABENEN ZU IGNORIEREN...
... UND DIESE FRAU ZU RETTEN...
WAR MEIN HANDELN FALSCH?
KNIRSCH

KLACK
WIE SIEHT ES AUS?
SYPHILIS UND ZWEI WEITERE GESCHLECHTS-KRANKHEITEN, MEHRERE RIP-PEN UND FINGER HABEN KLEINE-RE BRÜCHE...
DIE SEHNEN DES RECHTEN ARMS UND DES LINKEN BEINS SIND DURCH-TRENNT.
DIE VORDER-ZÄHNE SIND OBEN UND UNTEN AUS-GEBROCHEN.
IHRE EINGEWEIDE ARBEITEN NICHT RICHTIG...
ES BESTEHT DIE MÖG-LICHKEIT, DASS SIE DROGENAB-HÄNGIG IST.
DER KÖRPER IST ÜBERSÄT MIT KLEINEN WUNDEN.
ICH WÜRDE DIE ERLÄUTE-RUNGEN HIER MIT GERNE ABSCHLIES-SEN...
... ODER MÖCHTEN SIE NOCH MEHR WIS-SEN?
NEIN, DAFÜR BE-STEHT KEINE NOTWEN-DIGKEIT.

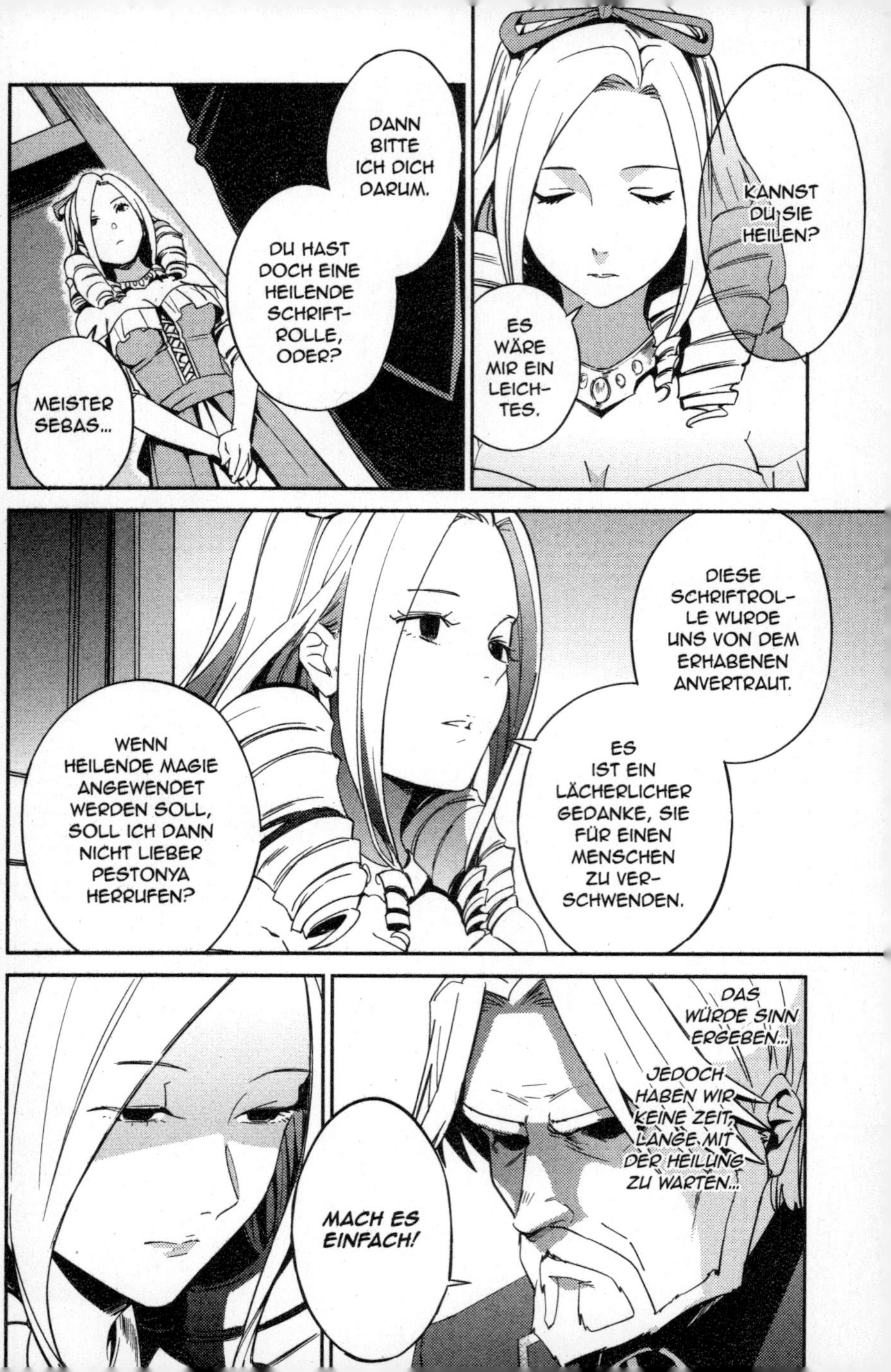
KANNST DU SIE HEILEN?
ES WÄRE MIR EIN LEICHTES.
DANN BITTE ICH DICH DARUM.
DU HAST DOCH EINE HEILENDE SCHRIFTROLLE, ODER?
MEISTER SEBAS...
DIESE SCHRIFTROLLE WURDE UNS VON DEM ERHABENEN ANVERTRAUT.
ES IST EIN LÄCHERLICHER GEDANKE, SIE FÜR EINEN MENSCHEN ZU VERSCHWENDEN.
WENN HEILENDE MAGIE ANGEWENDET WERDEN SOLL, SOLL ICH DANN NICHT LIEBER PESTONYA HERRUFEN?
DAS WÜRDE SINN ERGEBEN...
JEDOCH HABEN WIR KEINE ZEIT, LANGE MIT DER HEILUNG ZU WARTEN...
MACH ES EINFACH!

VERSTANDEN... ICH WERDE ES SOFORT ERLEDIGEN.
WUSCH
SOBALD DIE HEILUNG ABGESCHLOSSEN IST, WÄRME ETWAS WASSER AUF...
... UND WASCHE BITTE IHREN KÖRPER.
ICH WERDE ESSEN FÜR SIE BESORGEN.
MEISTER SEBAS...
IHREN KÖRPER ZU HEILEN IST MIR EIN LEICHTES, ABER...
... UM IHREN VERSTAND ZU HEILEN, WÄRE ES DAS BESTE, DIREKT FÜRST AINZ HERZURUFEN...
SOLL ICH IHN HERBEIRUFEN?

DAS IST KEINE SACHE, FÜR DIE FÜRST AINZ HERKOMMEN MUSS.
ES STÖRT MICH NICHT, WENN IHR GEIST SO BLEIBT.
QUIETSCH
TOCK
HM…
… ABER ALS BUTLER DER GROSSGRUFT VON NAZARICK…
SOBALD SIE ETWAS GENESEN IST…
… SOLLTE ICH SIE WEIT WEG VON HIER BRINGEN…
… WÄRE ES EHER RICHTIG, SIE HIER RAUSZUWERFEN, ODER?

DAS IST SO LÄCHER-LICH!
SEUFZ
ICH SOLL HIER EINEN MENSCHEN RETTEN...
ABER MEISTER SEBAS HAT ES MIR AUF-GETRAGEN
WUSCH
ICH ERLEDIGE DIESE LÄSTI-GE AUFGA-BE LIEBER SCHNELL.
DAS WÄRE FÜR DICH DOCH AUCH DAS BESTE, ODER?
AUSSERDEM WIRST DU ES GAR NICHT BEMERKEN...
WUUMM

DIESE FRAU SIEHT SO UNAPPETI-TLICH AUS.
DICH ZU HEILEN, DAMIT DU MEIN SPIELZEUG WIRST, WÄRE JA NOCH NETT...
DANN KÖNNTE ICH DAS VERHALTEN VON MEISTER SEBAS AUCH VERSTEHEN...
ABER HAT ES DENN WIRK-LICH EINEN WERT...
... DIE KOSTBAREN DINGE DES ERHABENEN FÜR...

... EINEN MENSCHEN ZU VER-SCHWEN-DEN?!
KLOCK
KLOCK
KLOCK
KLOCK
QUETSCH

KNALL
DU HAST GUTE ARBEIT GELEISTET.
DIE HEILUNG... IST OHNE PROBLEME VERLAUFEN, ODER?
JA, ICH HABE SIE OHNE KOMPLIKATIONEN ABGESCHLOSSEN.
PLATSCH
ICH HABE IHR AUCH ETWAS PASSENDES ANGEZOGEN.
DANKE FÜR DEINE MÜHE, SOLUTION.
WENN SIE KEINE WEITEREN AUFGABEN FÜR MICH HABEN...
... WÜRDE ICH MICH JETZT GERN ZURÜCKZIEHEN.
FLOCK
FLOCK

KLOPF
KLOPF
KLACK
...
KNALL

DU SOLLTEST GEHEILT SEIN...
WIE GEHT ES DIR?
TRÄUM
...
HAST DU VIELLEICHT HUNGER?
ICH HABE DIR ESSEN GE-BRACHT.

BITTE.
ZUCK
WUSCH

ZITTER
ZITTER
PLATSCH
PLATSCH

LEER
PUH
SCHNÜFF
SCHNÜFF
HUCH
BÖMM
...
ZUCK
ZUCK
BRAUCHT DEIN KÖRPER VIELLEICHT SCHLAF?
SOLANGE DU HIER BIST, SCHWEBST DU NICHT IN GEFAHR.
WENN DU AUFWACHST, WIRST DU IM-MER NOCH IN DIESEM BETT SEIN.

...
...
MURMEL
V...VIE...
...LEN... DANK...
HE...
MACH DIR KEINE GEDANKEN.
WEIL ICH DICH AUFGELESEN HABE...
... KANN ICH AUCH FÜR DEINE SICHERHEIT GARANTIE-REN.
TRÄN

WABWOMM
WATSCHAMM
RITSCH
RITSCH
WATSCHAMM

A-AAAH …
DRÜCK

ES IST JETZT ALLES GUT.
ALLES IST GUT.
JETZT IST ALLES GUT.

AH... VER-ZEI... HUNG.
MACH DIR KEINE SORGEN.
ES IST EINE EHRE FÜR EINEN MANN, EINER FRAU SCHUTZ ANZUBIETEN.
WÜHL
WUSCH
BENUTZ ES!
A... ABER ...
... ES IST... SAU-BER...
WISCH
!

STIMMT EIGENTLICH...
SHALLTEAR HAT BEI SOLUTION NEULICH ÜBER »NACHRICHT« ANGEGEBEN...
HIER. BITTE.
A...
... DASS FÜRST AINZ IHRE TRÄNEN WEGGEWISCHT HAT.
WAS MAG DA WOHL PASSIERT SEIN?
EIN UNBENUTZTES TUCH WÄRE DOCH ZU SCHADE...
BESONDERS EIN HANDTUCH, DAS NICHT EINMAL TRÄNEN WEGWISCHEN KANN...
LÄCHEL
RUHE DICH RICHTIG AUS.
SOBALD DU AUSGESCHLAFEN HAST, KÖNNEN WIR ÜBER DIE ZUKUNFT REDEN.
ZUKUNFT ...?
ES WÄRE NICHT SICHER, WENN DU IN DER HAUPTSTADT BLEIBEN WÜRDEST.
GIBT ES EINEN ORT, WO DU BLEIBEN KANNST?
...

SO IST DAS ALSO...
ES WIRD WOHL NOCH EINE WEILE DAUERN, BIS SIE DEN MANN SCHNAPPEN.
ZUMINDEST BIS SIE WIEDER BEI KRÄFTEN IST, KANN SIE HIERBLEIBEN...
ACH, STIMMT ...
ICH MUSS DICH DOCH BEI EINEM NAMEN NENNEN.
AH... ICH... BIN...
TU...
TUARE...
TUARE? MEIN NAME LAUTET SEBAS TIAN.
NENN MICH DOCH EINFACH SEBAS.
ICH BIN DER BUTLER VON FRÄULEIN SOLUTION, DER HERRIN DIESES ANWESENS.
FRÄULEIN... S...SOLUTION...
JA, FRÄULEIN SOLUTION EPSILON.

GUT. RUH DICH FÜR HEUTE EINFACH AUS.
WAS DAS KOMMENDE ANGEHT, KÖNNEN WIR DAS MORGEN NOCH BESPRECHEN.
J...JA.
KNALL
IST IRGENDWAS?

MEISTER SEBAS, VIELLEICHT SAGE ICH DAMIT ZU VIEL, ABER...
KLOCK
KLOCK
... ES IST ÄUSSERST WAHRSCHEINLICH, DASS SIE UNS NOCH PROBLEME MACHEN WIRD.
WIR SOLLTEN UNS IHRER BALD ENTLEDIGEN.
KLOCK
SPRICHST DU VON TUARE?
HEISST SIE SO?
ES KÖNNTE SEIN, DASS WIR FÜR SIE NOCH EINEN NUTZEN FINDEN.
DA ICH SIE SCHON AUFGELESEN HABE...
... KANN ICH SIE NICHT EINFACH WEGWERFEN, SONDERN SOLLTE MIR EINEN WEG AUSDENKEN, SIE SINNVOLL EINZUSETZEN.
MEISTER SEBAS...
ICH WEISS ZWAR NICHT, AUS WELCHEM GRUND SIE SIE HIERHERGEBRACHT HABEN, ABER...
... ANHAND IHRER VERLETZUNGEN KANN MAN IHRE LEBENSUMSTÄNDE ERAHNEN.

DIE PERSONEN, DIE FÜR DIESE VERLETZUNGEN VERANTWORT-LICH SIND...
... WERDEN BESTIMMT NICHT GLÜCK-LICH DARÜBER SEIN, DASS DIESES... »ETWAS« NOCH LEBT.
DAS SOLLTE KEIN PRO-BLEM SEIN.
UND SOLLTE ...
... ES EIN PROLEM WERDEN, WERDE ICH SCHON EIN MITTEL DAGEGEN FINDEN.
DESWEGEN MÖCHTE ICH, DASS DU BIS DAHIN ABWARTEST.
HAST DU MICH VERSTANDEN, SOLUTION?
VER-STAN-DEN...

FÜR EINEN SCHÄBIGEN MENSCHEN ...
... KOSTBARE MITTEL VON NAZARICK ZU VERSCHWEN-DEN...

Hauptstadt: Abenteurergilde
KNALL
W...WILL-
KOMMEN
ZURÜCK
...
MEIS-
TER S...
SEBAS.

TRAPPEL
ICH BIN ZURÜCK, TUARE.
LIEF DEINE ARBEIT PROBLEMLOS?
ES GAB K... KEINE PROBLEME.
WIR HÄTTEN SIE AUCH EINFACH ALS GAST BEHANDELN KÖNNEN...
ICH MÖCHTE A...ARBEITEN!
SIE WIRKT IMMER NOCH ETWAS DÜSTER.
ABER IM VERGLEICH ZU VOR EINIGEN TAGEN KANN SIE SCHON VIEL BESSER SPRECHEN.
WAS GIBT ES HEUTE ZU ESSEN?
AH...
KARTOFFEL... EINGELE... EINTOPF.
DA KRIEGE ICH GLEICH HUNGER.
SCHLIESSLICH SCHMECKT DEIN ESSEN SEHR GUT.
D... DA...S... STIMMT GAR NICHT!

DOCH! ES IST DIE WAHRHEIT!
ICH KANN GAR NICHT KOCHEN, DAHER BIST DU EINE GROSSE HILFE.
SAG MIR BESCHEID, FALLS ES DIR AN ZUTATEN FEHLT.
S... SPÄTER WERDE ICH NACH... SCHAUEN UND ES SAGEN.
WIR GEHEN ES DANN SPÄTER GEMEINSAM EINKAUFEN.
NEIN!
I... IST SCHON GUT...
ALSO DOCH?
TUARE!

ICH WEISS, DASS DU ANGST HAST.
ABER DENNOCH ...
... SEI BERUHIGT.
WELCHE GEFAHREN DIR AUCH BEVORSTEHEN SOLLTEN ...
... ICH, SEBAS, WERDE DICH BESCHÜTZEN!
TUARE ...
TRITT HINAUS!
WENN DU ANGST HAST, KANNST DU DIE AUGEN SCHLIESSEN...

… ABER VERTRAU MIR!
MEISTER S…SE-BAS…
DAS IST U… UNFAIR.

WENN SIE... DAS SAGEN...
... KANN ICH NICHT... NEIN SAGEN.
NACHDEM ICH MIT DER JUNGEN LADY EINIGE DINGE BESPROCHEN HABE...
... WERDE ICH WIEDER ZU DIR KOMMEN.
F... FRÄULEIN... SOLUTION...
ES IST ALLES GUT.
DIE JUNGE LADY WAR SCHON FRÜHER IMMER ZU ALLEN SO.
VOR ALLEM SCHMOLLT SIE, WENN SIE SO SÜSSE MÄDCHEN SIEHT.
WEDEL
WEDEL
ICH D... DOCH NICHT.
FRÄULEIN... IST VIEL EHER...
VIEL MEHR ALS DAS DER JUNGEN LADY...

... BEVORZUGE ICH DEIN ERSCHEINUNGSBILD, TUARE!
S...SO WAS...
DABEI ...
... BIN ICH...
... SCHMUTZIG...
SO IST DAS AUCH BEI EDELSTEINEN.
IN DER TAT SIND MAKELLOSE STEINE SEHR TEUER UND SCHÖN...
DRÜCK

... ABER ...
... MENSCHEN SIND NUN MAL KEINE EDELSTEINE.
DU MAGST DICH VIELLEICHT SCHMUTZIG FÜHLEN.
ABER WORAN...
... WIRD DIE SCHÖN-HEIT EINES MENSCHEN DENN GE-MESSEN?
AM DURCH-SCHNITT?
DARAN, WAS DIE ALLGEMEIN-HEIT SAGT?
ALSO ...
... BEDEUTET DAS, DASS DIE MEINUNG WENIGER, DIE DARAUF KEINEN WERT LEGEN, BEDEUTUNGS-LOS IST?
SCHÖN-HEIT LIEGT IMMER IM AUGE DES BETRACH-TERS.
DIE SCHÖNHEIT EINES MEN-SCHEN WIRD NICHT NUR NACH SEINEM AUSSEHEN BEURTEILT...
ICH GLAUBE, SIE LIEGT NICHT IN SEINER VER-GANGENHEIT, SONDERN IN SEINEM INNEREN.

DRÜCK
ICH HABE ERST WENIGE TAGE MIT DIR VERBRACHT, ABER WENN ICH DEIN INNERES BEWERTEN MÜSSTE...
... WÜRDE ICH ES AUF GAR KEI-NEN FALL »SCHMUTZIG« NENNEN.
WENN SIE...
... MICH SCHÖN NENNEN ...
... DANN HAL-TEN...
... SIE MI...
DU BIST SCHÖN!

WUSCH
POMM POMM
ES TUT MIR LEID, TUARE.
DIE JUNGE LADY RUFT NACH MIR.
I...ICH VERSTEHE...
KLACK

KNALL
JUNGE LADY...
ICH BIN WIEDER ZURÜCK.
GUT GEMACHT, SEBAS...
SCHIEL
SIE IST WEG, ODER?
SO SIEHT ES AUS.
WANN WERDEN SIE SIE FORTJAGEN?
WENN DER RICHTIGE MOMENT GEKOMMEN IST.
UND WANN GENAU SOLL DIESER RICHTIGE MOMENT KOMMEN?

ES IST NICHT UNDENKBAR...
... DASS ES PROBLEME GIBT, WENN WIR DIESEN MENSCHEN HIER VERWAHREN.
WIDERSPRICHT DAS NICHT KLAR DEN WÜNSCHEN VON FÜRST AINZ?
BIS JETZT IST NOCH NICHTS VORGEFALLEN.
UND ICH GLAUBE KAUM, DASS DIE DIENER VON FÜRST AINZ SICH...
... WEGEN IRGENDWELCHEN VON MENSCHEN KREIERTEN PROBLEMEN SORGEN MÜSSEN.
ANSCHEINEND KANN ICH MIR KEINE ZEIT MEHR LASSEN...
MEISTER SEBAS...
SOLLTE DIESER MENSCH DIE AUSFÜHRUNG DER BEFEHLE VON FÜRST AINZ STÖREN...
... WERDE ICH IHN BESEITIGEN!

NUN GUT.
MEHR SOLLTE ICH ZU DIESER ANGELEGENHEIT NICHT SAGEN.
ABER BITTE VERGESSEN SIE MEINE WORTE NICHT.
ABER ...
... SOLLTEN WIR FÜRST AINZ NICHT ÜBER DIESES...
... »ETWAS« INFORMIEREN?
ICH GLAUBE, DAS WIRD NICHT NÖTIG SEIN.
ES WÄRE DOCH UNVERZEIHLICH...
... WEGEN EINES EINFACHEN MENSCHEN DIE ZEIT VON FÜRST AINZ ZU BEANSPRUCHEN.
ENTOMA NIMMT DOCH IN REGELMÄSSIGEN ABSTÄNDEN PER »NACHRICHT« KONTAKT ZU IHNEN AUF...
IN SOLCHEN MOMENTEN KÖNNTE MAN ES JA EINFACH KURZ ERWÄHNEN.
ODER STECKT EINE GEHEIME ABSICHT DAHINTER?
NICHT DOCH!
GEGENÜBER FÜRST AINZ WÄRE SO ETWAS...
NA DANN...

... IST DAS ETWA KEINE EGO-ISTISCHE...
... ENT-SCHEI-DUNG?
NATÜRLICH NICHT...
KÖNNEN SIE MIR DANN BITTE GRÜN-DE NENNEN?
ICH SCHÄTZE IHRE FÄHIG-KEITEN, WAS DAS KOCHEN ANGEHT, WIRK-LICH SEHR.

?
IHRE... KOCHKÜNSTE?
GANZ GENAU.
DA WIR AUF DIESEM GEWALTIGEN ANWESEN LEBEN...
... WÄRE ES NUR ANGEMESSEN, EIN MINDESTMASS AN PERSONAL ZU HABEN.
WÜRDEN WIR IRGENDJEMANDEN HIERHER EINLADEN...
... WÄRE ES UNANGEBRACHT, WENN WIR IHM KEIN GERICHT VORSETZEN KÖNNTEN.
ALSO...
... MÖCHTEN SIE DIESEN MENSCHEN BENUTZEN, UM UNSERE TARNUNG ZU VERBESSERN?
GENAUSO IST ES.
EINE WICHTIGE BEDINGUNG FÜR SOLCHES PERSONAL ...
... IST PFLICHTGEFÜHL... UND DANKBARKEIT WIE BEI TUARE.

DADURCH ...
... WÜRDE SIE NIE ETWAS NACH DRAUSSEN TRAGEN, SELBST WENN IHR ETWAS SELTSAM VORKOMMT.
STIMMT DAS NICHT?
IN DER TAT.
SO IST ES.
WÜRDEN WIR FÜRST AINZ BITTEN, UNS DIESE TARNUNG ZU ERLAUBEN...
... KÖNNTE ER WÜTEND WERDEN UND SAGEN, DASS WIR SELBST NACHDENKEN SOLLEN.
REICHT DAS JETZT ALS BEGRÜNDUNG?
ICH HABE VERSTANDEN.
WUSCH
NA GUT...
DANN HABEN WIR JA ALLES BESPROCHEN.

KLOPF
KLOPF
KLOPF
KLOPF

Gagaran

ガガーラン

Diese Abenteurerin gehört zur Abenteuergruppe »Blaue Rose« im Adamantium-Rang und war eines ihrer ersten Mitglieder.

Fähigkeiten

Diese Kämpferin besitzt einen Körperbau, der an einen Felsen erinnert, und kann mit den breiten Armen leicht ihren großen Streithammer schwingen. Ihre gelernten Klassen umfassen Ritter, Luftreiter und Söldner.

Sie hat sich mehrere Kampffähigkeiten angeeignet, wobei es ihre Spezialität ist, diese Angriffe zu einer hochklassigen Kombinationsattacke zu verbinden. Die Durchschlagskraft ist so hoch, dass man sie nicht einfach mit Techniken wie »Festung« abwehren kann. Ohne Techniken wie »Uneinnehmbare Festung«, die nur von einigen Genies erlernt werden kann, ist dieser Angriff nicht abwehrbar.

Zwar ist sie im ganzen Königreich berühmt und einige bezeichnen sie als Heldin, doch sie selbst schätzt ihre Kräfte so ein, dass sie sich im Rahmen des Menschenmöglichen bewegen und nicht an die eines Helden heranreichen. Beim Königlichen Turnier hat sie gegen Gazef Stronoff gekämpft, unterlag ihm jedoch.

Herkunft

Der Name Gagaran ist ein Pseudonym und selbst Lakyus, die Anführerin von »Blaue Rose«, weiß kaum etwas über ihre Vergangenheit.

Sie ist zwar ein mysteriöser Mensch, kümmert sich aber gut um ihre Kameraden und bringt Climb, den sie wie einen jüngeren Bruder behandelt, Schwerttechniken bei.

Ausrüstung

- Der geliebte Streithammer von Gagaran. Er besitzt eine zerstörerische Durchschlagskraft, doch aufgrund seines gewaltigen Gewichts benötigt man entsprechende Stärke.

»Untergebene«

- Starrfluch: Ein rot-schwarzer Plattenharnisch mit großen Stacheln. Auf der Brust sind Abzeichen in Form von Augen gemalt und er besitzt magische Kräfte.
- Panzerhandschuhe von Kerykerion: Seit langer Zeit überlieferte magische Gegenstände. Sie haben die Kraft, jemanden durch Berührung zu heilen.
- Darüber hinaus besitzt sie noch mehrere magische Gegenstände wie Diadem der Windhose, Purpurroter Wächter, Umhang des Schutzes und Drachenzahnamulett.

OVERLORD
Episode:34
KLOPF KLOPF
KLOPF KLOPF
MEISTER SEBAS...
WUSCH
ICH GEHE NACH-SEHEN.
ICH MUSS TUARE SAGEN, DASS SIE SICH VERSTECKEN SOLL...

Episode:34
OVERLORD

MIT WEM HABEN WIR DIE EHRE?
ICH BIN EIN STREI-FENOFFI-ZIER.
ICH HEISSE STAFFAN HEIVISH!
»Strei-fenoffi-zier«
Ein Beamter und Vorgesetzter von Wachleu-ten, die in der Stadt für Sicher-heit sorgen.
Sein Aufgabenbe-reich ist weit gefasst.
WARUM KOMMT EIN BESCHÜTZER DER ORDNUNG DER HAUPTSTADT ZU UNSEREM ANWESEN?
AUSSERDEM...

... GEHÖRT DIESER MANN...
... OFFENSICHTLICH ZU EINER ANDEREN GRUPPE.
WAS IST DAS FÜR EIN PAAR?
WIE SIE BESTIMMT WISSEN...
... IST IM KÖNIGREICH...
... DER HANDEL MIT SKLAVEN GESETZLICH VERBOTEN.
UNTER LEITUNG VON PRINZESSIN RENEER WURDE DIESE REGELUNG EINGEFÜHRT.

UNS WURDE ZUGETRAGEN...
... DASS PERSONEN DIESES ANWESENS GEGEN DIESES GESETZ VERSTOSSEN HABEN SOLLEN.
WIR SIND GEKOMMEN, UM DIES ZU ÜBERPRÜFEN.
WÜRDEN SIE UNS REINLASSEN?

RECHTS UND LINKS...
... MAN SIEHT SOFORT, AUF WEN MAN ACHTGEBEN MUSS...
UND WER IST DIESER HERR?
ACH...
DAS IST EIN VERTRETER DES ETABLISSEMENTS, DAS DIESEN FALL AN UNS HERANGETRAGEN HAT.

ICH HEISSE SUCCU-LENT.
FREUT MICH, IHRE BEKANNT-SCHAFT ZU MACHEN.
HE...
WIR SIND IM NACHTEIL.

WENN DER MANN NAMENS STAFFAN KEIN BEAMTER DER HAUPTSTADT WÄRE...
... UND ES HIER ZUM KAMPF KÄME, WÄREN WIR IM VORTEIL...
... ABER DIESER MANN...
... IST OFFENSICHTLICH NUR HERGEKOMMEN, UM VORHER MIT UNS ZU VERHANDELN...
WAHRSCHEINLICH IST STAFFAN WIRKLICH EIN BEAMTER. EIN KORRUPTER...
UND WAS GENAU IST DENN NUN VORGEFALLEN?
ÄHEM
WIR HABEN EINEN BERICHT ERHALTEN, DASS JEMAND EINE ANGESTELLTE MITGENOMMEN HAT...
DABEI SOLL DIESE PERSON EINEM ANDEREN ANGESTELLTEN EINE UNBEKANNTE GELDMENGE GEGEBEN HABEN.

GELD ZU BEZAHLEN UND JEMANDEN MITZUNEHMEN...
... DAS IST DOCH OFFENSICHTLICH SKLAVENHANDEL, ODER?
SO IST DAS ALSO?
DIESEN NERVIGEN KRAM KANN RUHIG SEBAS ERLEDIGEN.
I...IST DAS DENN KLUG?
JE NACHDEM, WIE ES AUSGEHT, KÖNNTEN SIE ZU EINER STRAFTÄTERIN WERDEN!
SEBAS, KÜMMERE DICH UM DEN REST!
STAPF
STAPF
OJE, WIE GRUSELIG!
NA GUT, SEBAS ...
SAG MIR SOFORT BESCHEID, FALLS ICH GEFAHR LAUFE, STRAFTÄTERIN ZU WERDEN!

LÄCHEL
ICH WÜNSCHE IHNEN EINEN SCHÖNEN TAG.
KNALL
NUN GUT.
DANN WERDE ICH MIR AN IHRER STATT DIE SACHE IN RUHE ANHÖREN.
GUT.
DANN FRAGE ICH SIE GANZ DIREKT, HERR SEBAS...
GENAU WIE HERR HEIVISH GESAGT HAT...
... IST EINE...
... NUN JA... EINE UNSERER AN-GESTELLTEN VERSCHWUN-DEN.
UNSER MITARBEITER WURDE VON EINEM MANN GEWÜRGT UND HAT VON IHM EINE GELDSUMME ERHALTEN.

ICH MÖCHTE MIR EIGENTLICH NICHT VORSTELLEN, DASS EINER UNSERER MITARBEITER ...
... ETWAS UNRECHTES TUN WÜRDE...
... ABER WIR HATTEN KEINE ANDERE WAHL, ALS IHN ANZUZEIGEN.
BAMMM
GANZ GENAU!
SO EIN SCHÄBIGES GESCHÄFT WIE DER HANDEL MIT SKLAVEN IST VOLLKOMMEN UNVERZEIHLICH!
BAMM
BAMM
DASS HERR SUCCULENT SICH NICHT FÜRCHTET, DURCH EINE ANZEIGE DEN RUF SEINES LADENS ZU SCHÄDIGEN...
... ZEIGT, WAS ER FÜR EIN VORZEIGEBÜRGER IST!
VIELEN DANK, HERR HEIVISH.
HMPF
...
WAS FÜR EINE FARCE...

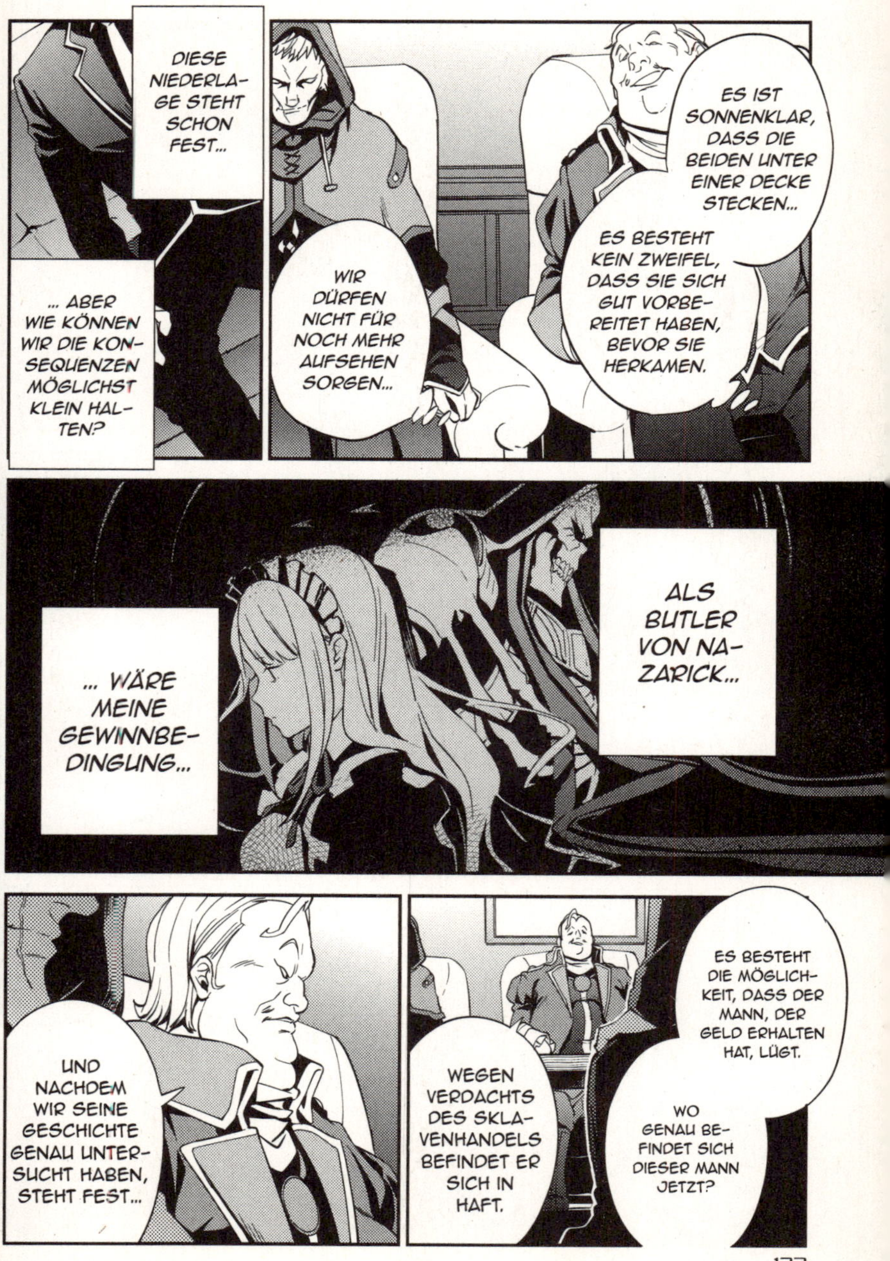
ES IST SONNENKLAR, DASS DIE BEIDEN UNTER EINER DECKE STECKEN...
ES BESTEHT KEIN ZWEIFEL, DASS SIE SICH GUT VORBEREITET HABEN, BEVOR SIE HERKAMEN.
WIR DÜRFEN NICHT FÜR NOCH MEHR AUFSEHEN SORGEN...
DIESE NIEDERLAGE STEHT SCHON FEST...
... ABER WIE KÖNNEN WIR DIE KONSEQUENZEN MÖGLICHST KLEIN HALTEN?
ALS BUTLER VON NAZARICK...
... WÄRE MEINE GEWINNBEDINGUNG...
ES BESTEHT DIE MÖGLICHKEIT, DASS DER MANN, DER GELD ERHALTEN HAT, LÜGT.
WO GENAU BEFINDET SICH DIESER MANN JETZT?
WEGEN VERDACHTS DES SKLAVENHANDELS BEFINDET ER SICH IN HAFT.
UND NACHDEM WIR SEINE GESCHICHTE GENAU UNTERSUCHT HABEN, STEHT FEST...

... DASS UNSERE MIT-ARBEITERIN VON NIEMAND ANDERS GEKAUFT WURDE...
... ALS VON IHNEN.
DIE ERMITTLUNGEN HABEN ERGEBEN, DASS SIE ES WAREN, HERR SEBAS.
WIE GENAU HABEN SIE HERAUS-GEFUNDEN, DASS ICH ES GEWESEN SEIN SOLL?
HABEN SIE BE-WEISE?
ICH HABE AUFGEPASST, DASS ICH NICHT VERFOLGT WERDE...
AUCH SOLLTE DORT NICHTS GE-WESEN SEIN, WAS ALS BEWEISMITTEL GENUTZT WERDEN KÖNNTE...
ES WAR DIE SCHRIFT-ROLLE!

NACH AUSSAGEN DES MANNES...
... HATTEN SIE EINE SELTENE SCHRIFTROLLE DABEI.
NACHDEM KLAR WURDE, DASS DIESE BEI DER MAGIERGILDE ERWORBEN WURDE...
... MUSSTEN WIR NUR NOCH DAS AUSSEHEN VERGLEICHEN.
WENN ICH DAS ABSTREITE...
... WÜRDEN SIE SOFORT DAS ANWESEN DURCHSUCHEN.
IN DER TAT...

ICH HABE DAS MÄDCHEN VON DORT MITGENOM-MEN.
DAS STIMMT.
ABER...
... SIE WAR ZU DIESEM ZEITPUNKT SCHWER VERLETZT.
DA IHR LEBEN IN GEFAHR WAR...
... HATTE ICH KEINE ANDERE WAHL, ALS DIESES MITTEL ZU ER-GREIFEN.
ALSO GIBST DU ZU...
... DASS DU GELD BEZAHLT HAST, UM SIE AN DICH ZU NEHMEN?
KANN ICH VORHER MIT DIESEM MANN RE-DEN?
ES TUT MIR SEHR LEID, ABER DAS IST UN-MÖGLICH.
ES WÄRE EIN PROBLEM, WENN IHR EUCH AB-SPRECHEN KÖNNTET.
IN DEM FALL...

ES IST ZEITVERSCHWENDUNG!
SELBST WENN ICH MIT IHM REDEN KÖNNTE...
... WÜRDE SICH MEINE LAGE SCHWERLICH ÄNDERN LASSEN.
... WÄRE ES ABER ...
... FÜR DAS LAND AUCH UNANGENEHM, WENN HERAUS-KOMMEN WÜRDE, DASS MAN AUF DER ARBEIT...
... SO SCHWERE VERLETZUNGEN ERLEI...
DIE ARBEIT BEI UNS IST NUN MAL HART.
DABEI KOMMT ES VOR, DASS SICH JEMAND VERLETZT.
IN EINER MINE PASSIEREN DOCH AUCH ALLERLEI UNFÄLLE.
DAS WAREN ABER KEINE VERLETZUNGEN, DIE AUF SOLCHE ART ENTSTEHEN.
HA HA HA!
ES GIBT EBEN ALLERLEI KUNDEN, UM DIE MAN SICH BEI UNS KÜMMERN MUSS...
TJA, BEIM NÄCHSTEN MAL WERDEN WIR... NUN JA...
BEIM NÄCHSTEN MAL PASSEN WIR ETWAS BESSER AUF.

NUR ETWAS?
DAS REICHT JETZT!
MEINE AUFGABE BESTEHT DARIN, FESTZUSTELLEN, OB EIN SKLAVENHANDEL STATTGEFUNDEN HAT.
DIE VERFASSUNG DER ANGESTELLTEN SPIELT DABEI FÜR MICH KEINE ROLLE.
DARUM MUSS SICH JEMAND ANDERS KÜMMERN.
KÖNNEN SIE MIR DANN DEN BEAMTEN NENNEN, DER DAFÜR ZUSTÄNDIG IST?
HM...
ICH MAG ES NICHT, MEINE NASE IN DIE ANGELEGENHEITEN ANDERER LEUTE ZU STECKEN.
KÖNNEN SIE DANN BITTE NOCH BIS DAHIN WARTEN?
GRINS

ICH WÜRDE JA NUR ZU GERNE WARTEN...
... ABER ICH HABE SCHON EINE SCHRIFTLICHE ANZEIGE ERHALTEN...
... WESWEGEN DIE ERMITTLUNGEN RASCH ABGESCHLOSSEN WERDEN MÜSSEN.
NOTFALLS ...
... WERDE ICH SIE GEWALTSAM FESTNEHMEN!
DIE INDIZIENBEWEISE SIND EIGENTLICH EINDEUTIG ...
... ABER DER GESCHÄDIGTE WÄRE AUCH MIT EINEM AUSGLEICH ZUFRIEDEN.
NATÜRLICH WÄRE DA EIN SCHMERZENSGELD ZU ZAHLEN...
DAS VERNICHTEN DER UNTERLAGEN, DIE MIT DEM SKLAVENHANDEL IN VERBINDUNG STEHEN, WÜRDE AUCH ETWAS KOSTEN.
WIE VIEL WÄRE DAS DENN IN ETWA?

ZUERST...
... MÖCHTEN WIR NATÜRLICH UNSERE ANGESTELLTE ZURÜCKHABEN.
UND NATÜRLICH BRÄUCHTEN WIR AUCH EINEN AUSGLEICH...
... FÜR DAS GELD, DAS SIE UNS WÄHREND IHRER ABWESENHEIT EINGEBRACHT HÄTTE.
UND DIE KOSTEN FÜR DEN ERSATZ.
UND WAS WÄRE DAS FÜR EINE SUMME?
TJA...
... DANN MACHE ICH EIN BESCHEIDENES ANGEBOT.
HUNDERT GOLDMÜNZEN.
AUSSERDEM EIN SCHADENSAUSGLEICH VON 300...
DAS WÄREN ALSO INSGESAMT 400 GOLDMÜNZEN!

W... WARTE MAL!
DAS IST NOCH NICHT ALLES!
ACH, STIMMT JA...
DA WIR SCHON EINE ANZEIGE GEMACHT HABEN...
... WÜRDE ES AUCH ETWAS KOSTEN, DAMIT WIR ES FÜR UNS BEHALTEN.
GANZ GENAU!
ES WÄRE EIN ECHTES PROBLEM, WENN DU DAS EINFACH VERGESSEN WÜRDEST, SUCCULENT!
GRINS GRINS
TEUER ...
HM?
NEIN, ES IST GAR NICHTS.
ÄHM, ICH BITTE VIELMALS UM ENT-SCHULDI-GUNG.
FÜR DAS STREICHEN DER ANZEI-GE WÄRE EIN DRITTEL DES SCHA-DENSAUS-GLEICHS AN-GEMESSEN...

... ALSO ERGIBT DAS ZUSAMMEN...
... 500 GOLDMÜNZEN, JA?
DAS IST EINE AUSSERORDENTLICH HOHE SUMME.
IST DAS...
... BEREITS MIT DER SUMME VERRECHNET, DIE ICH BEIM MITNEHMEN BEZAHLT HABE?

NICHT DOCH!
MIT ANDEREN WORTEN...
... BLIEBE DAS GELD, DAS SIE DAFÜR AUSGEGEBEN HABEN, GÄNZLICH UNBERÜCKSICHTIGT.
WISSEN SIE...
WENN SIE MIT DER ANDEREN SEITE EINEN AUSGLEICH ERREICHEN ...
... HABEN SIE KEINE SKLAVIN GEKAUFT.
WER WÜRDE DENN HUNDERT GOLDMÜNZEN EINFACH VERLIEREN?
DAS HÄTTEN SIE EINFACH...
... IRGENDWO VERLOREN...
JE NACH ART DER BEHANDLUNG BESTEHT DIE MÖGLICHKEIT, DASS SIE DOCH NOCH STERBEN KÖNNTE...
WÄRE ES ALSO NICHT SICHERER, WENN ICH SIE HIERBEHALTE?
ABER...
... DAS MÄDCHEN IST NOCH NICHT WOHLAUF!

ICH VERSTEHE.
DAMIT WÄRE ICH EINVER-STANDEN.
ABER...
... BIS IHRE HEILUNG ABGE-SCHLOS-SEN IST...
... WÜRDEN WIR UNS ALS GEGEN-LEISTUNG DIE HERRIN DIE-SES HAUSES AUSLEIHEN!

OHO! DAS WÄRE IN DER TAT ETWAS!
WENN DADURCH EINE LÜCKE ENTSTEHT ...
... MUSS IRGENDJEMAND DIESE JA FÜLLEN...
HABGIER IST EINE PROBLEMATISCHE EIGENSCHAFT.
KEINE FRECHHEITEN, BITTE!
ICH HANDLE NUR AUS DEM TIEFEN WUNSCH HERAUS, DAS GESETZ AUFRECHTZUERHALTEN, DAS NACH DEM EHRENWERTEN WILLEN VON PRINZESSIN RENEER ERLASSEN WURDE!
WIE KÖNNEN SIE DAS HABGIER NENNEN?!
SO EINE UNVERSCHÄMTHEIT!! DAS IST JA UNERHÖRT!

ACH, BERUHIGEN SIE SICH BITTE, HERR HEIVISH!
ABER ...
RUMMS
EINE DROHUNG?
HMPF
SO EIN SCHLECHTES SCHAUSPIEL!
JEDENFALLS...
... HABEN WIR ALLES GESAGT, WAS ZU SAGEN WAR.
ÜBERMORGEN KOMMEN WIR WIEDER, UM EINE ENTSCHEIDUNG ZU HÖREN.
ICH HOFFE AUF EIN GUTES ERGEBNIS ...
... HERR SEBAS.
ICH HABE VERSTANDEN...

ICH...
... MUSS MICH BEI DIESER BIL-LIGEN NUTTE BEDANKEN...

>>WER HÄTTE GEDACHT ...
... DASS SO EIN AB-FALLPRODUKT UNS SO EIN GOLDENES EI INS NEST LEGEN WÜR-DE?<<
DAS...
... HABE ICH JEMAN-DEN SAGEN HÖREN.

KNALL
KNIRSCH

WARUM...
... HAT ER AM ENDE DIE WAHRHEIT VERRATEN?
IST ER SICH SEINES SIEGES SO SICHER?

EINEN ANDEREN AUSWEG HABEN WIR NICHT.
DAS SCHEINT ER ZU WISSEN.
SOLUTION ...
HAST DU DIE UNTERHALTUNG MIT ANGEHÖRT?

SCHWUPP
UND...
... WAS SOLL JETZT WERDEN?
...
SOLLEN WIR IHNEN DIESEN MENSCHEN ÜBERGEBEN?
ICH GLAUBE NICHT, DASS DAS PROBLEM DAMIT GELÖST WÄRE.
DAS MAG SEIN.

WENN WIR SCHWÄCHE ZEIGEN...
... WERDEN SIE UNS BIS AUFS HEMD AUSNEHMEN.
GENAU SOLCHE MENSCHEN SIND DAS.
AUS-SERDEM ...
... IST DIE FRAGE EHER, WELCHE INFORMATIONEN SIE BEI DEN ERMITTLUNGEN ÜBER UNS HE-RAUSGEFUNDEN HABEN...
WIR SIND ALS HÄNDLER IN DIE HAUPT-STADT GE-KOMMEN...
... DOCH BEI GENAUEREN ERMITTLUNGEN SOLLTE UNSE-RE TARNUNG AUFFALLEN.
WAS SOLLEN WIR DANN MACHEN?

ICH WEISS ES NICHT.
ICH GEHE KURZ HINAUS, UM NACHZU-DENKEN.
KNALL
LÄCHERLICH...

HÄTTE ER DIESEN MENSCHEN NICHT AUF-GELESEN...
... WÄRE ES NIE DAZU GEKOMMEN!
UND DENNOCH IST JETZT...
... DA ES NUN EINMAL SO IST, WIE ES IST...
... VIEL WICHTIGER...
... WAS ALS NÄCHSTES PASSIERT...

WENN MEINE SCHWESTERN HIER WÄREN...

WENN ICH ALS PLEIADE AGIERE, SOLLTE ES KEIN PROBLEM SEIN...
WUSCH
EIGENTLICH IST DIESE SCHRIFTROLLE NUR FÜR ABSOLUTE NOTFÄLLE GEDACHT...

SURR
RIESEL
Spreche ich mit Ihnen, Fürst Ainz?

Solution?
Wenn du mich kontaktierst... ist es also ein Notfall?
Ja.
ES KANN SEIN...
... DASS ICH ES MIR NUR EINBILDE...
... ABER...

... DIESE LAGE KÖNNTE FÜR NAZARICK SEHR UNVORTEILHAFT WERDEN...
... UND ICH KANN NICHT STILLSCHWEIGEND ZUSEHEN.
DAS WICHTIGSTE IST...

Meister Sebas...
... könnte einen großen Verrat begehen!

OVERLORD II
REPORTAGE-MANGA ZUR SYNCHRONISATION
Endlich ist »OVERLORD II« angelaufen.
Im November 2O17 habe ich bei der Synchronisation gestört.
OVERLORD
AUF DEM TITELBILD DES DREHBUCHS IST EINE ILLUSTRATION VON SO-BIN!
Ich habe am letzten Aufnahmetag des Echsenmenschen-Abschnitts gestört…
Die Sprecher der Beschützer waren beeindruckend.
Albedo-Sprecher: Yumi Hara
Aura-Sprecher: Emiri Kato
Mare-Sprecher: Yumi Uchiyama
Shalltear-Sprecher: Sumire Uesaka
Cocytus-Sprecher: Kenta Miyake
Victim-Sprecher: ???
Ainz-Sprecher: Satoshi Hino
Demiurgos-Sprecher: Masayuki Kato
Herr Maruyama, der Erfinder von OVERLORD, war auch dort und hat Kleinigkeiten bei den Sätzen abgeändert!
Zenberu-Sprecher: Koji Ishii
Crusch-Sprecher: Sora Amamiya
Zaryusu-Sprecher: Hiroki Kochi
Shasryu-Sprecher: Naomi Kusumi
Sobald die Aufnahme begann, herrschte eine ganz andere Stimmung.
Es ist wirklich beeindruckend, wie Sprecher einfach umschalten können.
HEJAAAAAAH!
KEUCH KEUCH
GENAU DAS IST EINFACH ZU SCHÖN!
Nachdem Victims echoartige Stimme aufgenommen wurde…
TA-MA-GO
… haben die Sprecher alle »Tamago Tamago*« durcheinander gesagt …
TA-MA-GO
TA-MA-GO
* Tamago bedeutet Ei.
Von meiner Position aus konnte ich nicht gut in die Aufnahmekabine schauen, daher ist der Rest mein Eindruck.
EIN GORILLA MIT RIESIGEM MAUL…
DER STUHL (SHALLTEAR) STÖHNT HEFTIG…
FÜRST AINZ IST SO COOL…
DU MUSSTEST BESTIMMT TRAUERN.

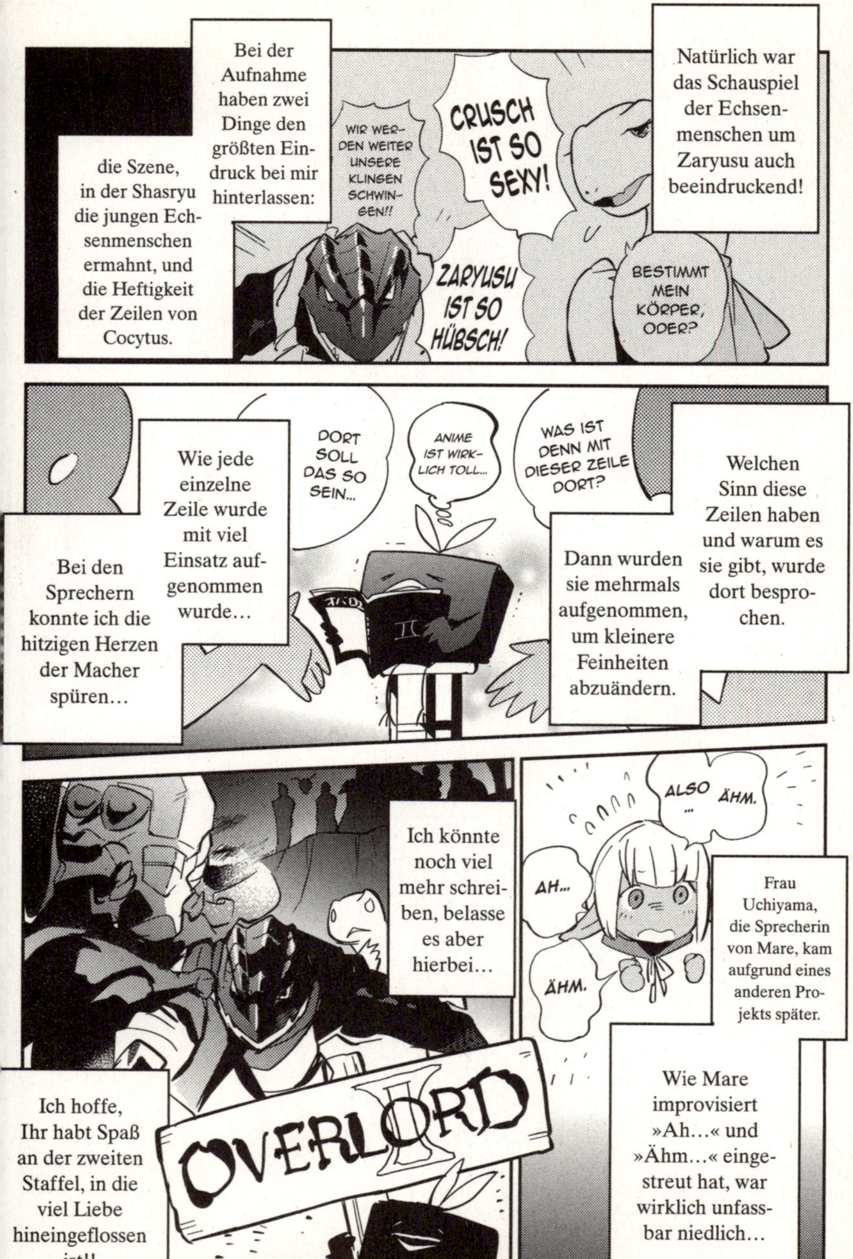

Bei der Aufnahme haben zwei Dinge den größten Eindruck bei mir hinterlassen:
die Szene, in der Shasryu die jungen Echsenmenschen ermahnt, und die Heftigkeit der Zeilen von Cocytus.
Natürlich war das Schauspiel der Echsenmenschen um Zaryusu auch beeindruckend!
CRUSCH IST SO SEXY!
WIR WERDEN WEITER UNSERE KLINGEN SCHWINGEN!!
BESTIMMT MEIN KÖRPER, ODER?
ZARYUSU IST SO HÜBSCH!
Welchen Sinn diese Zeilen haben und warum es sie gibt, wurde dort besprochen.
Dann wurden sie mehrmals aufgenommen, um kleinere Feinheiten abzuändern.
WAS IST DENN MIT DIESER ZEILE DORT?
ANIME IST WIRKLICH TOLL…
DORT SOLL DAS SO SEIN…
Wie jede einzelne Zeile wurde mit viel Einsatz aufgenommen wurde…
Bei den Sprechern konnte ich die hitzigen Herzen der Macher spüren…
ALSO …
ÄHM.
AH…
ÄHM.
Frau Uchiyama, die Sprecherin von Mare, kam aufgrund eines anderen Projekts später.
Wie Mare improvisiert »Ah…« und »Ähm…« eingestreut hat, war wirklich unfassbar niedlich…
Ich könnte noch viel mehr schreiben, belasse es aber hierbei…
OVERLORD II
Ich hoffe, Ihr habt Spaß an der zweiten Staffel, in die viel Liebe hineingeflossen ist!!

MIX
Papier aus verantwortungsvollen Quellen
FSC® C083411
FSC www.fsc.org

CARLSEN MANGA

Aus dem Japanischen von Lasse Christian Christiansen
OVERLORD volume 9

Redaktion: Britta Hellwig
Textbearbeitung: Steffen Haubner
Herstellung: Björn Liebchen

ISBN: 978-3-551-74170-7